「お前」呼ばわりで婚約破棄？
結構ですが困るのは貴方ですよ？
私と婚約破棄してまで結ばれたかった妹と永遠にお幸せに！

雨宮れん

目次

王子ときどき冒険者
クライヴ
プラディウム王国の第二王子。王国の習わしとして身分を隠して国内外を旅して市井について知るというものがあり、その途中でイオレッタと知り合う。
虐げられチート精霊師
イオレッタ
伯爵令嬢だが、妹ばかり家族に愛され虐げられて育つ。人並はずれた精霊師としての力を持つが、利用する人が多いため普段は隠している。
「お前」呼ばわりで婚約破棄？
結構ですが
困るのは貴方ですよ？
私と婚約破棄してまで結ばれたかった妹と永遠にお幸せに！

最強冒険者集団ニバーン

レオニード

2人と比べると幾分チャラそうな雰囲気。故にイオレッタをちゃん付けで呼ぶ。メイスを装備し、最前線で戦うが、神聖魔術もかなりの腕の持ち主。

クライヴ

タデウス

一見すると柄が悪そうな雰囲気だが、物腰は柔らか。しかしこの三人の中で一番けんかっ早い。代々騎士団長を務めてきた家系の次男。

イオレッタの契約精霊たち

イオレッタのために力を発揮してくれる精霊たち。風・土・水・毒の精霊と契約している。複数の精霊と契約するのは不可能ではないが、4体との契約は伝説レベル。

イオレッタの同居人？

ゼルマ

イオレッタの引っ越し先の屋敷に住み着いていた幽霊。イオレッタに祓われることなくなぜかシェアハウスすることに。

プロローグ

「なあ、お前」

婚約者であるトラヴィス・ウィラードから『お前』呼ばわりされ、イオレッタ・ベルラインはわずかに眉間に皺《しわ》を寄せた。

ベルライン伯爵家の娘であるイオレッタとウィラード伯爵家の三男であるトラヴィスとの婚約が成立したのは五年前。イオレッタ十二歳、トラヴィス十三歳の時である。

あくまでもふたりの婚約は政略的なもの。愛し愛されという関係ではなかったけれど、少なくとも今までお前呼ばわりされるような扱いを受けたことはなかった。

今、ふたりが向かい合っているのは、婚約者達が親交を深めるためのお茶会の席である。毎月一度、交互に互いの屋敷を訪れ、共に時間を過ごすのが定められた約束だった。

テーブルの上には、香りの高い紅茶に、厨房《ちゅうぼう》の菓子職人が腕を振るった焼き菓子。

現実逃避しているかのように、イオレッタは手でマカロンを取り上げた。

マカロンを自分で焼こうと思うと難しいらしいのだが、さすがベルライン伯爵家の菓子職人。いい腕をしている。間違いない。

「おい、聞いているのか？　伯爵家の娘として、礼儀がなってないんじゃないか？」

プロローグ

テーブルの向こう側でトラヴィスが声を張りあげる。

見事な金髪を少し長めにそろえたトラヴィスは、今日も最新流行の装いに身を包んでいる。

他の令嬢達を見る時は優しそうに細められる緑色の瞳は、イオレッタに向けられたとたんにこちらをさげすんでいるような光を放った。

顔はいいが、顔だけなのだ――なんて考えているのはおくびにも出さない。

「あら、トラヴィス様。私より先にシャロンに会いに行くなんて、婚約者としての礼儀がなっていないのはあなたの方ではなくて？」

口調は柔らかなものを使っているが、内心を暴露してしまえば「妹と浮気しているのに、喧《けん》嘩《か》売ってるのか？」である。貴族の娘としては、言葉を選ばねばならない。

シャロンの名を聞いたトラヴィスは、肩を跳ね上げた。

「シャロンに先に会いに行ったのはたまたまだ！　たまたま！」

「あらそう」

優雅な仕草を心がけながら、紅茶のカップを取り上げる。

お代わりを注いでもらいたいのだが、部屋の隅にいるメイドはいたたまれなさそうな雰囲気だ。

そりゃそうだろう。イオレッタだって、彼女の立場になるのはごめんこうむりたい。

「本当、お前のその顔が嫌いなんだよ」

たしかに、妹のシャロンと比べたら、地味な容姿だが、容姿のことを口にするのはどうなのだ。

ピンクブロンドの髪はまあいいのだが、茶色の瞳は地味だ。絶世の美女ではなく、それなりに整った顔立ち。絵にかいたような中肉中背、平凡中の平凡である。

イオレッタ自身もトラヴィスの隣に立ったら釣り合わないかなーとちょっぴり思わないわけではなかったけれど、真正面から「顔が嫌い」はいくらなんでもひどい。さらに、「本当」なんて言葉までつけてくれちゃうし。

「私の顔がお嫌いでも、両家の決めた婚約です。諦めてください」

相手を選べるのなら、イオレッタだって他の人がよかった。

「精霊使いとしての能力を持たないお前に、それを言えると思うのか？」

「トラヴィス様には不満でしょうけれど、諦めていただくしかないんです」

この世界では、ありとあらゆるものに精霊が宿る。

魔力を対価に精霊と契約を結び、使役できる精霊使いは、このラタント王国では大変尊重される存在だ。精霊を二体、使役できるとなると、それだけで爵位がもらえるほど。

ベルライン家にしても、ウィラード家にしても、代々有能な精霊使いを輩出してきた家系。

イオレッタの祖母にあたる前当主の能力は特にすさまじく、魔力を対価とせず精霊と契約できたほど。彼女のような存在は、ラタント王国では精霊師と呼ばれ、尊敬されるべき存在だ。

一方、イオレッタの母は、精霊使いとしての力を持たなかった。彼女に求められたのは、優れた精霊使いを生み出すために、力の強い精霊使いを家に入れて次の世代に血を繋《つな》げること。

そこで白羽の矢が立ったのが、ベルライン家の分家出身である父だ。

当時、父は別の女性と交際していたという。その女性との仲を裂かれ、母と結婚しなければならなかったのが余程苦痛だったようだ。

母と結婚したあとも、交際していた女性と父の縁が切れることはなかった。その女性が産んだのがシャロンである。

(……不満があったのは知ってるのよね)

トラヴィスの目が誰に向いているのか、わからないほど鈍くはない。それでもいいかと放置してきたのはイオレッタだ。

トラヴィスが本気ならば、彼の方から破談に向けて動くべきだと思っていた。

「ああ、だが。その問題も解決できることとなった」

「解決、ですか?」

カップを手にしたまま、イオレッタはきょとんとした顔になる。どう解決するのだろう。

トラヴィスは、勝ち誇ったような笑みを投げかけてくる。せっかく顔がいいのに、今の笑顔は悪人面以外の何物でもない。

「ああ、シャロンが精霊使いとしての能力に目覚めたのだ。ならば、シャロンと俺が結婚するのが当然だろ？」

「……なるほど」

イオレッタは十七歳、シャロンは十六歳。子供の頃に目覚めるのが大半だが、十代後半になってから、精霊使いとしての能力が目覚める例がないわけではない。

（そうね、たしかにこの人の言うことに間違いはないわ）

ベルライン家に、精霊使いを呼び戻すという目的の婚姻ならば、いまだ能力に目覚めていないイオレッタより、目覚めたシャロンの方がいいと考えるのが当然だ。トラヴィスが、シャロンを愛しているというのなら、トラヴィスにとってもその方が都合がいい。

「シャロン、入っておいで」

イオレッタにかけるのとはまったく違う甘い声。

先ほどの悪人面は消え失せて、王子様がそこにいる。顔がいいって得だな、と今日何度目かの感想を抱いている間に、異母妹のシャロンが姿を見せた。

「お姉様、ごめんなさい」

大きな青い瞳に涙をいっぱいに浮かべたシャロンは、両手を胸の前で組み合わせる。

地味な容姿のイオレッタとは違い、シャロンは立っているだけで、その場が華やぐようだった。

「私、私……」

トラヴィスに寄り添うようにしたシャロンの目から、ぼろぼろと涙が零《こぼ》れ落ちる。貴族としての礼儀をどうこういうのなら、シャロンをどうにかする方が先だろうに。

「イオレッタ！　シャロンを泣かせるなんてなにを考えているんだ！」

さらに続いて入ってきたのは、ベルライン伯爵。イオレッタとシャロンの父であった。

若い頃は輝くような美貌の持ち主だったらしいが、年相応の経験を重ねた風貌へと変化している。シャロンを男性的に厳《いか》めしい風貌の持ち主に変化させたらこうなるであろうという容姿の持ち主。

シャロンを泣かせるって、普通なら、泣きたいのは婚約者を奪われたこちら側だ。泣く気もないけれど。

「お父様。姉の婚約者に手を出すなんて、泣いて詫《わ》びるくらいのことはしてもいいのではないかしら」

「な、なんだって！　シャロンが手を出したわけではない！　両家の間で取り決めが変わっただけだ」

イオレッタの言葉に、父は青筋を立てて怒り始めた。

「お前が！　そう、お前が！　精霊使いとしての才能を持たなかったのが悪いのだろう！」

「そうですね」

「私が、この家に入ったのは、次代に精霊使いの血を繋げるため。トラヴィスをこの家に招いたのも同じ理由だ！　ならば、シャロンとトラヴィスを結婚させた方がいいに決まっている」

「そういう考え方もありますね」

「――そもそも、お前がトラヴィスの心をしっかり掴《つか》んでおけばよかったのだ。その努力を怠ったのだから、当然だ」

それに関してはなにも言えない。貴族の婚姻に、愛だの恋だの持ち込んでくる方がどうかしているわけだが、トラヴィスの心を掴む努力はあまりしてこなかったので言い訳はできない。

けれど、父は最初からシャロンの味方。今回のことがなかったとしても、いずれトラヴィスとの婚約は解消されていたかもしれない。

口にしなかっただけで、トラヴィスとシャロンが惹《ひ》かれ合っているのに、イオレッタも以前から気づいていた。

「――お前のような娘を、この家に置いておくわけにはいかない。出ていけ」

「……そんな！」

父の言葉に、シャロンは両手で口を覆った。けれど、その手の陰で唇がにんまりとした笑みを作っているのをイオレッタは見逃さなかった。

――いつもそうなのだ。

愛されるシャロン。愛されないイオレッタ。

これ以上、この家にとどまる必要ある？　ないな、絶対にない！

「かしこまりました、お父様。そうさせていただきます」

父の方に優美な一礼をし、トラヴィスとシャロンの方に向き直る。

「おふたりの幸せを、心からお祈りいたしますわ」

最後、微笑《ほほえ》みをひとつ。

そして、イオレッタはトラヴィスをもてなしていた部屋をあとにした。

それはもう堂々と。

自由って素晴らしい！　さあ、この家からはとっとと出ていこう。

応接間から自室に入っただけで、解放された気分満喫であった。

革の鞄《かばん》を引っ張り出し、さっと中身を確認。硬貨の入った革袋、数日分の着替え、薬に保存食料。

母から譲り受けた宝石は、信頼できる場所に預けてある。落ち着いたら、取りに戻ればいい。

（シャロンには、当主の資格はないけど、大丈夫かしら——ああでも、書類上は異母妹じゃなくて妹だものね）

この国では、女性にも爵位の継承権がある。母亡きあとはイオレッタが成人するまで父が当主代行となり、成人後にはイオレッタがあとを継ぐことになっていた。

父もベルライン家の血を引いてはいるが、あくまでも分家の者。イオレッタが爵位を継がない場合、父より本家に近い者が爵位を継ぐはずだった。

けれど、どうやってか、父はシャロンをベルライン家当主の娘、つまり、母の娘として書類を届け出た。書類の偽造である。

母が亡くなったあと、喪が明けたところでシャロンの母と再婚。書類上、シャロンと彼女の母である伯爵夫人は養親と養子ということになっている。伯爵夫人は、普段は外に顔を見せないけれど。

(うーん、ろくな宝石残ってないな)

自分の宝石箱をひっくり返してみるが、イオレッタの宝石箱はほぼ空。換金できそうなものは、シャロンに持っていかれてしまったからほとんど残っていない。

残った宝石の中で、換金しやすいものだけ下着の裏側に縫いつけてある小袋にしまう。身体のあちこちに換金できるものを身に着けておくのも大事なことと教えてもらった。

白いブラウスに革のズボンを身に着け、茶色のワンピースを重ね着して、丈夫なブーツに履き替える。

「これでよし、と」

これ以上考えていてもしかたない。とりあえず、食べていくぐらい稼ぐことができるのは、事前に確認済みだ。

玄関から出てもいいのだが、それだと誰かに見つかるかもしれない。

「……フェオン、お願い!」

口にするのと当時に、イオレッタは三階の窓から飛び出した。普通なら、命を落としかねない危険な行為だ。

「ワカッター」

けれど、下から吹きつけるように吹いた風が、イオレッタの落下速度を低下させた。足音ひとつ立てることなく、地上に降り立つ。

(精霊使いとしての能力、隠しておいて正解だったわね。いつか、こんなことになるんじゃないかって思ってた)

ふり返って屋敷を見てみるけれど、誰もイオレッタが出てきたことには気づいていない。もう、この家に用はない。

(――永遠に、お幸せに)

そう祈ったのは、皮肉でもなんでもない。幸せでさえいれば、イオレッタのことなど思い出しもしないだろうから。

イオレッタも忘れるから、元家族にもイオレッタのことは忘れてほしい。イオレッタは、足取りも軽く歩き始めた。

第一章　自由って素晴らしいと思っていたら、なんだかトラブルに巻き込まれたようで

——ベルライン伯爵家。

近頃その能力を失いつつあるけれど、過去には優れた精霊使いを輩出してきた名門伯爵家。

周囲のベルライン家に対する見解はおおむねそんなものだろう。

人によっては、二代続けて精霊使いとしての才能を持たなかった母とイオレッタに対する同情がそこに加わるくらいか。

イオレッタの祖母は、精霊との間に強いきずなを持つ精霊師と呼ばれる存在であった。

母もまた、精霊師としての力を受け継ぐことを期待されていたけれど、祖母のような能力は持たなかった。公には知られていないが、精霊使いとしての能力は持っていた。だが、その能力を秘めたまま一生を終えた。

力を隠していた理由は、今となってはわからない。強大な祖母にはかなわないという想いからなのか、それとも精霊を魔力で縛るような真似はしたくなかったのか。

（それにしても、お母様、男性の趣味悪すぎだわ）

母が結婚相手を探した時、候補者は何人もいたというのに、母が選んだのは父だった。

顔か、大事なのは顔だったのか。たしかに父は精霊使いとしてそこそこの能力を持ってはい

るけれど、母の方が強い力を持っていただろうに。

好きな相手と結婚はしたけれど、相手には他に愛する女性がいた。

無理やり結婚して、妻として愛されないまま何年も共に暮らすなんて、イオレッタには想像もつかない。本当にそれで満足だったのだろうか。

（――自分は愛した人と結婚して幸せだったかもしれないけど、そのツケを私が払うことになるって考えていたのかしら）

生母が死亡するなり家にやってきた〝母〟と〝妹〟。イオレッタの好きなものはすべて彼女達に取り上げられ、自分の家だというのに、息をひそめるようにして生きてきた。

いつかあの家を出ていこうと自立の準備を進めていたから、堂々と出ていけるのは幸いだった。

（私は、ひとりではないしね――そうでしょう？）

眉間に皺を寄せつつも、足取りは軽い。

「皆が、私の側にいてくれるから大丈夫」

イオレッタの周囲をふわふわと精霊達が飛び回る。イオレッタの契約している精霊達だ。家からの脱出を助けてくれた風の精霊に、土の精霊、それから水の精霊だ。

母と同じように、イオレッタも自分の能力を隠してきた。魔力で縛らずとも、精霊と意思の疎通ができる。シャロンよりも強い力を持っている。

（絶対に、利用されるに決まってるしね！）

精霊使いとして誇りを持っているあの男のことだ。イオレッタに精霊使いとしての能力がある――それどころか精霊師である――と知ったら、イオレッタをいいように使うだろう。

昔は、彼に愛されることを望んだこともあったような気もするが、そんな感情、とっくにどこかに行ってしまった。

（領民のことは心配しないで済むのはついてたわよね。あとのことは考えず、出ていけるもの）

幸いなことに、ベルライン伯爵は搾取するタイプの領主ではなかった。

正当な後継者であるイオレッタを追いやることにはなんの疑問も持っていないのが矛盾してはいるが、彼の欲は名誉に向けられている。貴族たるもの、民のために身を尽くすべきという考え方が彼の根本にあるのだ。

彼が搾取していたら、イオレッタもこんなに心軽やかに家出なんてできなかった。どうにかして彼から家を取り戻そうとしただろう。一応、イオレッタにもそれなりに矜持《きょうじ》がある。

伯爵家そのものに未練はない。爵位なんて、欲しい者が持てばいい――民を大切にできるのであれば。そして父と呼んでいた人は、その点においては信頼してもいい。

十日後。

イオレッタはベルライン家の領地を出て、国境近くにあるゴルフィアと呼ばれる町に到着していた。

まっすぐ来れば五日ぐらいで到着できるのだが、領地を離れるのは初めてだった。あちこち立ち寄り、野宿もし、ついでに観光なんかもしてみた結果、倍の時間がかかってしまったわけだ。

（まずは、冒険者組合に滞在届を出そうかしらね）

この世界には、『冒険者』と呼ばれる職業がある。冒険者は、どこの国にもいる存在だが、勝手に名乗ることは許されず、各地の冒険者組合に申請書を出し、課せられる試験に合格した者だけが認定される。

主な仕事は、魔物を退治したり、遺跡や危険な地域の調査をしたりすること。傭兵《ようへい》に交じって、戦の場で剣を振るうこともある。

そんな力が必要とされる仕事だけではなく、迷子の子猫を捜したり、薬草を採取したり。下水道の掃除なんていう一般の人がちょっと手を出しにくい便利屋のような仕事も冒険者の管轄になっていることが多い。

イオレッタも、十五歳になった年にこっそり冒険者として登録していたし、密かに家を出ては実績を積んできた。

（D級冒険者なら、それなりに食べていけるでしょうし――一応、財産もあるしね）

登録したての冒険者はF級に登録される。そこから実績をあげたり、組合の課す課題や試験をクリアしたりすれば昇級できる。

イオレッタの所属するＤ級はようやく一人前になったと認められるあたりだ。見習いからは脱却しているので、受注できる依頼も多くなってくる。ここまでくれば、生活に困ることはない。

胸を躍らせながら、冒険者組合に向かって歩く。

国境に近い町だからか、行き交う人々の中には外国人と思われる人も多い。

広場には多数の屋台が出ていて、様々な品が売られている。初めて見る品もたくさんあった。

ぐぅ、と胃が空腹を訴えかけてくる。今日は、早朝に宿を出てからずっと歩きっぱなしだった。先に屋台で昼食にしよう。

イオレッタが近づいたのは、香辛料をたっぷりと振りかけて焼いた肉を売っている屋台だった。目の前でパンに挟み、サンドイッチにしてくれるそうだ。

「薄切りの牛肉サンドをくださいな」

「いらっしゃい。持ち帰るかね？　それとも広場で食べるかね？」

「なにか変わるの？」

「持ち帰るなら紙にくるんでやるよ。広場で食べるなら、この皿に載せてやる」

恰幅《かっぷく》のいい店主が見せてくれたのは、金属の皿だった。金属製のカップもあって、果実を漬け込んで香りを移した冷たい水も売ってくれるという。

「ただの水でいいなら、その噴水の水が飲めるぞ」

「果実水にするわ！　ついでに、冒険者組合ってどこにあるか知ってる？」

「それなら、広場の南側。一本向こう側の通りだな」

「ありがとう！」

サンドイッチと果実水で銀貨一枚。適正価格だ。

噴水の縁に腰をかけ、皿を膝において食事を始める。

「んー、おいしっ！」

ただ、パンに肉を挟んだだけ。香辛料は若干ききすぎているくらいだ。でも、こうやって日差しのもとで食べるのならこのぐらいきかせてもいい。

伯爵家で出されてきた洗練された料理よりも、この素朴な料理の方がずっと美味に感じられる。

屋台に皿と果実水の器を返却してから、広場の南に向かう。

様々な職種が組合を作っているが、どの職種でも組合は同じようなつくりだと聞いている。

入り口を入って正面にあるのはカウンター。このカウンターでは、依頼を出したり受けたり、採取してきた素材の鑑定や買取が行われる。

左右の壁には、依頼票の張り出される掲示板。ホールにはテーブルと椅子が並ぶ。

「いらっしゃいませ！」

カウンターの中から、若い女性が声をかけてくる。そちらに軽く手を上げておいて、イオレッタは依頼の張り出されている掲示板に向かった。

(ふむ……採取の依頼は多そうね)

イオレッタが最初に生活する場としてゴルフィアを選んだのは、ここが自然豊かな地ということも大きな理由のひとつだった。

森に入って薬草や薬効のあるキノコを採取することができるし、農作業の手伝いという依頼が出されることも期待できる。

街道沿いに国境から二番目に位置する町だから、なにかあれば比較的楽に国境を越えることができるというのも高評価ポイント。

(よし、そうしよう。しばらくここに滞在しようっと)

そう決めてしまえば、あとは組合に届を出すだけだ。こうしておけば、領地でなにか問題があった時、すぐに組合経由で連絡をもらうことができる。

実家で暮らしていた間は、伯爵令嬢と冒険者の二重生活で忙しかった。当分、のんびりと自然の中で過ごしたい。

実のところ、イオレッタひとりなら一生働かなくてもおつりがくるぐらいの財産はあるが、自分の食い扶持《ぶち》ぐらいは確保しておかねば。

「こちらの町でしばらく暮らそうと思うの。滞在届を出してもいいかしら」

受付に近づけば、カウンターの中にいた女性がイオレッタを見て微笑む。アリスと名乗った彼女は、イオレッタから銀製の冒険者証を受け取った。

「珍しいわね。滞在届を出すなんて」

「地元の組合長が心配性でね。届は出しておけってうるさいのよ」

それは嘘ではない。最初に冒険者として登録した時、イオレッタがベルライン家の娘であることは、ベルライン領の組合長にすぐにばれた。

彼は生家におけるイオレッタの扱いを知っていたから、いつでも逃げられるように冒険者としての登録は認めてくれたし、伯爵には秘密にしてくれた。

だが、それはもう心配性で、最初のうちは彼が自腹を切って、こっそり冒険者を護衛につけてくれたほどだ。

そんな彼に余計な心配はさせたくなくて、ここに来るまでの間も、「数日のうちには出発するつもりなんだけど」と言いつつ毎回届は出してきた。

「いいことね。冒険者って、そこのあたりなあなあにする人も多いもの」

届を出しておけば、ギルドの通信手段を使って安否確認もすることができるが、冒険者の中にはそういった手続きを面倒だと考える者も多い。

「今のランクはＤ級。採取系の依頼を多く受けてきたのね」

イオレッタの冒険者証を魔道具で確認したアリスはつぶやいた。

依頼を受ける時と終わった報告の時は、カウンターの職員に冒険者証を渡す。そして、魔道具を使って実績が記録される仕組みだ。

「私、ひとりでやってるしね。魔物退治は得意じゃないのよ」

魔物退治は遠出が必要になることもあるし、一応伯爵家の娘なので、夜家に帰らないというのははばかられた。そんな事情もあって、今までは採取の依頼を中心に受けてきた。

（……よく考えたら、もうそのあたりは気にしなくてもいいんだけど）

と一瞬思ったけれど、解体は血まみれになるので遠慮したい。

「なるほど。精霊使いなのね。回復魔術は使える？」

「私の契約している精霊は使えるわ」

イオレッタが契約している精霊の中では、土の精霊アルディと水の精霊ヴァネッサが回復魔術を使うことができる。

複数の精霊と契約するのは不可能ではないが、三体ともなるとレアケース。ここでは土の精霊アルディ、風の精霊フェオンとだけ契約していることにしておこうと思う。

「それなら、週に一回か二回、組合の治療所に入ってくれないかしら？　もちろん、その分はギルドからの依頼として実績にするから」

「ここに長期滞在するかどうかまだ決めかねてるんだけど、それでよければ数日中に入りましょうか？」

「助かるわ。ちょうど明後日のシフトが空いてしまっていたの」

　定期的に魔物退治をしなければ生計が成り立たない冒険者が多いのだが、イオレッタの場合、組合の治療所で回復魔術を担当するだけで、そこそこ食べていけるだけの収入になる。仕事があるのはイオレッタとしてもありがたい。

「ギルドの宿泊所は借りられる？」

「ええ、空いているわ」

　宿屋を取ってもいいのだが、ゴルフィアに滞在している間は観光ではなく仕事をするつもり。となると、宿泊費は安くあげたいところ。

　同じように考える冒険者のため、冒険者組合にはたいてい宿泊施設が付属しているものだ。

　一室借りることにしてカウンターを離れようとしたら、イオレッタの前にひとりの男性が立ちはだかった。

「あんた、回復魔術が使えるのか？」

　イオレッタは目の前に立っている男を見上げる。背はかなり高く、頭の位置が扉の上部より上に来そうだ。扉をくぐる度に屈まなければならなそう。

　立派な長身に呼応するみたいに横幅も広い。脂肪ではなく筋肉だ。つまり、相当鍛えている。

「ええ、まあそうですけど」

　イオレッタとアリスの会話に聞き耳を立てていたのだろう。

褒められた話ではないが、有用そうな人材が来たらすぐに確保するのはお約束。そういう意味では、目の前の男の行動は間違っていない。

「俺、ブライアン。このゴルフィアではちょっと知られているC級冒険者だ」

「ほぅほぅ」

イオレッタのD級が一人前になったところならば、C級はベテラン。たぶん、目の前にいるブライアンは、盾と剣を持ち前衛に立つタイプの冒険者。

「俺のパーティー、〝天を目指す者〟に入れてやろう。本当はC級からしか入れないんだが、精霊使いのD級ならすぐにCに上がるだろ」

「お断りしますぅ。私、採取系が得意な冒険者なのでぇ」

「そんなこと言うなよ。回復魔術を使えるやつがいるのといないのとじゃ、負担が大きく違うことぐらいわかるだろ？」

「魔物退治面倒だから嫌ですぅ」

魔物退治に出かけるとなるとえんえんと歩かないといけないし、野営をしたら外で寝ないといけないし、数日お風呂に入れないことだってある。

精霊の力を借りてそのあたりをクリアするのは可能だが、よく知らない人のためにそこまで苦労するつもりはない。だいたい、のんびりしたくてここに来たのに、魔物退治に出かけていたら本末転倒ではないか。

「面倒って、お前な！」

ブライアンが眉を吊《つ》り上げる。露骨に喧嘩を売る形になってしまったが後悔はしない。

だって、血を見るのが好きではないのだからしかたないではないか。採取に出た時、動物や魔物を捕らえて、肉をいただくことはあるが、それは必要に迫られてのこと。

さばくのも好きじゃないし、できることなら精肉店でさばかれた肉を買ってくる方が楽でいいと思ってしまうタイプである。

「――女ひとりは大変だろ？　俺のパーティーに入れば、保護してやれるし」

「そういうのもけっこうですぅ。自分の身ぐらい自分で守れるのでぇ」

やっぱり、自分のところにイオレッタを囲い込みたいというわけか。精霊使いは、精霊の声を聞くことができる分、珍しい技能でもあるし、引く手あまたなのだ。

「な？　お前、そこそこ可愛いし」

「そこそこって失礼な！」

いや、めちゃくちゃ可愛いと言われたかったわけではないけれど。真正面から「そこそこ」と言われてしまうとそれはそれで腹立たしい。

「アリスさーん、強引な勧誘は禁止ですよね？」

「当然ですぅー」

くるりとカウンターの方に向き直り、そちらに向かって叫べば、アリスが拳から突き出された親指を下に向けている。これは「ヤッチマイナー！」という合図だ。

となならば、遠慮なくやらせてもらおう。

「――悪いな、そこ、どいてくれ」

イオレッタが唇の端を釣り上げた時、ブライアンの後ろから声がした。

「組合のど真ん中で道を塞ぐな。あと、そこのお前――嫌がる相手にパーティーへの参加を無理強いするのも禁止だろ？」

「丁寧にお願いしていただけだ」

「今のが丁寧って、ゴルフィアの冒険者組合はずいぶん柄が悪いんだな？　こりゃ、滞在する町、変えた方がいいかもな」

ブライアンを押しのけるようにしてイオレッタの前に出てきたのは、背の高い青年だった。イオレッタより二、三歳年上だろうか。

イオレッタ同様旅をしてきてゴルフィアに到着したばかりというところだろうか。きちんと整えられた金髪に、琥珀《こはく》色の瞳。イオレッタを真っ直ぐに見据えた彼の目に、一瞬吸い込まれかけた。

（ものすごい美形……！）

元婚約者も、周囲の女性達からきゃーきゃー言われる容姿の持ち主だった。長めの金髪に、美しい緑色の瞳。

今、目の前にいる青年と比較すると線が細く中性的と言われる容姿の持ち主ではあったけれど、美青年であったのは間違いない。

だが、トラヴィスなんて目の前の青年と比較したらかすんでしまう。トラヴィスよりも圧倒的な存在感。

思わずイオレッタも目を見開いて凝視してしまった。

「なんだって？」

ブライアンは、彼の一言で頭に血が上ったみたいだった。

イオレッタはじりじりと場所を移動する。ブライアンが暴れ始めそうな気配を感じ取ったので。

――と、頭に血が上ったらしいブライアンが、いきなり青年に掴みかかる。

（やっぱり暴力に訴えるタイプだった！）

カウンターの中で、「きゃああっ！　誰か、だれかぁあっ」とアリスが悲鳴をあげているが、完璧に棒読みだ。アリスは女優にはなれそうもない。

だが、青年はひらりとブライアンをかわし、そのついでのように足を払う。ブライアンはそのままズデンとひっくり返った。

「クライヴ、あなたいきなりなにやってるんですか」

「正当防衛だろ？　こいつから殴りかかってきたんだから」

「それはそうですが、初めての町でいきなり暴力沙汰はやめてください、本当に……」

クライヴと青年に呼びかけたのは、彼と同年代と思われる青年だった。頑丈そうな鎧《よろい》で全身を覆っている。クライヴも背が高いのだが、彼よりも縦にも横にも大きい。

髪はツンツン立つほど短く刈り上げていて、頬《ほお》には傷がある。一見すると柄が悪そうな雰囲気なのだが、物腰は穏やかなものだ。

「まあまあ、タデウス。いいだろ？　クライヴだって、問題を起こそうと思ってたわけじゃない――お嬢さん、無事？」

と、さらにもうひとり加わる。こちらの青年は、白を基調とした神官衣を身に着けていた。たぶん、衣の下に軽鎧を着用している。クライヴやタデウスと比較すると、いくぶんチャラそうな雰囲気だ――神官なのに。

「え？　ええ、無事です……けど」

ちらり、と相手を見て言いよどんだのは、なんだかこの人を信頼したら問題になりそう――と思ったからだったりする。

「俺？　俺はレオニード、こいつがタデウスで、こいつがクライヴね」

「はぁ……」

レオニードの勢いに飲まれそうになったイオレッタだったけれど、ブライアンが身動きしたのに気がついた。

「——アルディ！　拘束！」

仲良くしている精霊の中で呼び出したのは、土の精霊。

イオレッタの声に合わせるように姿を見せたのは、ハリネズミの姿をした精霊だった。

背中の毛を逆立てたかと思ったら、勢いよくそれを噴出する。立ち上がろうとしていたブライアンの服が、組合の床に縫い留められた。

「な、なにするんだっ！」

じたばたとブライアンが暴れるが、床に縫い留められた身体は自由にはならない。

「——やるぅ！」

ヒュッとレオニードが口笛を吹いた。

アルディにも本気でやらせたわけではないので、ブライアンは床に大の字に縫い留められてしまっただけ。だが、その様子はとても間抜けである。

周囲からくすくす笑う声や、ひそひそとささやき合う声、それだけではなく真正面から指をさして笑っている冒険者までいて、ブライアンはますます頭に血を上らせたようだ。

「——いい気になるな！」

それはこちらの台詞《せりふ》なのだが。驚いたことに、ブライアンは一気に起き上がった。

アルディの針で床に縫い留められていたのを強引に立ち上がったものだから、彼の服はぼろぼろになってしまっている。

「暴れるなって言ってるだろ」

「離せ！」

ブライアンの背後に回り込んだクライヴが、彼を羽交い絞めにする。そのまま暴れるブライアンを引きずっていったかと思ったら、ポイッと外に放り出してさっさと戻ってきた。

「騒がせてすまない。俺達はB級冒険者『ニバーン』。しばらくこの町に滞在したいんだが、届は出せるか？」

「あ、はい。もちろんです」

B級冒険者ともなるとなかなか貴重な人材だ。滞在届を出す以上、しばらく滞在すると見込んだアリスはにこにこ顔になる。

「お前、彼女をけしかけてたろ。それって、職員としてはどうなんだ？」

「うー、それは」

そこまで考えていなかったようだ。あの程度どこの組合に行ってもあり得る話だし、ここに来るまでの間も何度も似たようなことはあった。

アリスとは仲良くしておきたいので、救いの手を差し伸べる。

「アリスさんは私の力を見せておいた方がいいって判断したんだと思いますよ？」

「そうか？」

クライヴは真っ直ぐにイオレッタを見つめる。琥珀色の目に真正面から見つめられて、思わずイオレッタの頬に血が上った。

　婚約者はいたけれど、最初からイオレッタとの婚約に不満があった人だから、異性と身近に接した記憶なんてない。

「組合に私の能力は伝わっているし、私が魔物退治はやらない採取専門の冒険者だっていうのも理解していただいているんですよ。ひとりでの活動を好むっていうのもね」

　基本的に冒険者はひとりで活動することはない。その方が、生きて戻れる確率が高くなるからだ。

「精霊使いは貴重ですし、私は二体の精霊と契約しているので、使える精霊魔術の種類が多いんです。その上、私の精霊は、回復魔術も使えるんです。自分で言うのもなんですけど、欲しがるパーティーは多い人材だと思うんですよね」

　それでも、他の人と組もうと思わなかったのは、自分のペースで行動したいから。アリスもイオレッタの実績を確認して、そう判断したのだろう。そうでなければ、親指を下に向けるようなことなどしない。

「そうか。余計なお世話だったな」

「いえ。助けてくださって、ありがとうございました」

　イオレッタとクライヴの間にほのぼのとした空気が流れた時。組合の扉がバンッと開いた。

「悪かった！　でも気が変わったら声をかけてくれ！」

外に放り出されたことで頭が冷えたのか、ブライアンが外から叫ぶ。なんとも元気なことだ。

「変わりませんっ！」

「明日まで入場禁止！　今日もう一回来たら、出禁にしますよっ！」

速攻でイオレッタとアリスに叫ばれ、ブライアンはすごすごと引っ込んだ。

「回復魔術が使えるのなら、頼むこともあるかもしれないな」

と、ブライアンを見送ったクライヴは言う。

「その時には、喜んで」

神官であるレオニードは回復魔術を使えるだろうし、イオレッタと彼らが関わることはないだろうなと思いながらも、嫌な気はしなかった。


こうしてイオレッタは、ゴルフィアの住人となった。

当面の間、冒険者組合の上にある宿泊所を借りることにした。この町に定住するかどうかはまだ決めていない。

イオレッタの日常は、冒険者としては規則正しい。毎朝決まった時間に起きる。

週に三回ほどの採取の日は、決まった時間に依頼の貼り出されている掲示板の前に行く。薬草の採取をメインに依頼を受けたら、組合近くの広場に出ている屋台で軽食を買って一日採取。

それから、週に一度か二度は組合の治療所で回復魔術を使う係。これは怪我人が運ばれてこない限り、やるべきことはない。待機している間はアリスとお喋りをしたり、冒険者組合にある魔物や植物の情報を集めた本を読んだり。こういう情報を持っているかいないかで生死が分かれることもあるのだ。

残りの日はなにをしているのかというと、町の中をぷらぷらと歩き回って店をひやかしてみたり、近隣の観光名所を訪れてみたりと気ままに過ごしている。基本的には、のんびりとした生活だ。それでも、休みの日もだらだらと遅くまで寝ていることはほとんどない。

今日は薬草の採取の日だ。

「よし、行こうか」

土の精霊アルディに頼めば、品質のいい薬草の生えている場所はわかる。てくてくとそこまで歩いて行ったら、決められた手順に従って薬草を採取するだけ。

薬草によって薬効のある部分は違うから、採取の時には、いくつかの決まりがある。

あるものは先端の芽を、別のものは花を、根を掘り起こさなければならないものも、種に薬効成分が集中しているものもある。それぞれの薬草に一番適した形で採取し、適切に保存しなければならない。

それだけではなく、薬草を採取しすぎないようにするのも大切なこと。群生地を見つけたら、一部は残しておくのが決まりだ。

これを守るか守らないかで、採取者としての評価は大きく変わってくる。

採取者は、それぞれ自分だけの秘密の採取場所というものを持っている。イオレッタが有利なのは、人の手が入っていない群生地を見つけることができるという点だ。

きちんとした手順を守って採取するイオレッタの薬草は、品質がいいと評判だ。

午前中は、二箇所の群生地を回って採取。

「ん――……そろそろ、次の群生地に行こうかな。と、その前にお昼休憩……」

『食べる？』

「うん。先にアルディに魔力をあげるね」

わーい、と声をあげたアルディの方に手を差し出す。その手にアルディはべったりと抱きついた。こうすることで、イオレッタの魔力を体内に取り入れているらしい。

「はー……こういうのって、いいよね」

『こういうの？』

「うん、空気がおいしいでしょ。それから、とっても静か」

森の奥深い場所だから、他の人の姿はない。緑に包まれた空気は、イオレッタの身体の中にたまっているあれやこれやを吹き飛ばしてくれるようにも感じられる。

なにより、こうやってのんびりとしている時間があるのは幸せだ。

「お茶をいれて、お弁当にしようかな。お弁当を食べたら移動ってことで」

ひとりでも寂しくないというのは、こうやって精霊が側にいてくれるから。そういう意味でも、精霊と通じ合える力を持っていたのは幸いだった。

肩掛け鞄の中には、携帯用のお茶道具一式もちゃんと入っている。この群生地は、近くに水場があるのも確認済み。燃料にするための落ち葉や枯れ枝などを捜す。

十分な燃料を用意したところで、小鍋を火にかけた時だった。不意に背後から声をかけられた。

「おい、ここは魔物が出る場所だぞ！　ひとりでなにやってるんだ」

「びっくりした！」

飛び上がりそうになりながら、慌てて振り返る。声をかけてきたのはクライヴだった。

「なんだ。精霊使いの——イオレッタ、だったか？」

「ええ。ここはよく採取に来る場所なので大丈夫ですよ。魔物が近づかないようにしてもらってるし」

イオレッタの言葉が信じられないというかのように、クライヴは眉間に皺を寄せる。顔がいいと、そういう表情も様になるのだなとおかしくなった。

「なにがおかし——」

「クライヴ、君だって気づいてるんでしょう？　ここ、このあたりに出る魔物は近づけないよ。精霊使いの結界が、こんなに強いなんて知らなかったな」

ごそごそと藪《やぶ》をかきわけ出てきたのはレオニード。アルディの力は、大地に及ぶ。群生地とその周囲には魔物が近づけないよう結界を張ってもらっていたのだ。

「たしかにそうだが——失礼した。初心者がひとりでここまで来たのかと勘違いしてしまった」

「私の装備、初心者丸出しですもんね。必要ないから、なんですけど」

普通、町の外に出る冒険者は、それなりの装備を固めておくものだ。

イオレッタの服装ときたら、リボンのついたシャツと上着、それにスカートの組み合わせ。スカートの下には防護を兼ねた革のズボンをはいているけれど、ぱっと見では気楽な格好でここまで来てしまったように見えるだろう。腰の短剣は飾りみたいなものだ。

イオレッタを初心者と間違えたクライヴはいくぶん気まずそうである。

「イオレッタさん、申し訳ないがご一緒させていただけないですか？　火を分けてもらえるとありがたいです」

「ああ、どうぞどうぞ。お茶をいれようとしてたんです。よかったら、お茶を皆さんの分も用意しますね！」

タデウスが丁寧に頼んできたので、すぐに了承する。

友好的な相手と出会った時、一緒に休憩をする流れになるのはおかしな話ではない。火がついているのにわざわざ一からおこす必要もないし。

「じゃー、俺、燃料取ってくる」

「私も行きます。クライヴ、あなたはイオレッタさんの側にいてください」

「わかった」

　気軽にレオニードとタデウスが森の奥の方へと姿を消す。四人分のお茶を用意するため、イオレッタは小鍋に水筒の水を追加した。

（……別に、護衛は必要ないんだけど）

　クライヴひとりイオレッタの側に残したのは、たぶん、そういう意味なのだと思う。

「それはなんだ？」

「薬草茶にしようと思うんですよ。ポーションほどの効き目じゃないですけど……うーん、ほんのりじんわりなんとなく疲れが取れる、みたいな？」

　薬師が作るポーションは、飲めばすぐに強い効果が表れる。イオレッタの作る薬草茶は、そこまでの効果は持っていない。

「ほんのりじんわりなんとなくって、なんだよ」

　言葉の選択、間違えただろうか。けれど、思わずといった様子で笑ったクライヴの表情は、彼をいくぶん幼く見せている。

　森の奥に消えたふたりも、それぞれ枯れ木を抱えて帰ってきた。タデウスの方は追加の水まで汲《く》んできてくれた。

　新たな水を追加して、ちょうど湯がわき始めたところだった。鞄の中から取り出した薬草を適当にちょいちょいとちぎり、どんどん鍋に放り込む。

五分ほど煮たてたところで完成。それぞれ自分の物入からカップを取り出したので、注いでいく。

「うっわ、いい香り。それに、なんとなく甘い、みたいな？」

「本当においしいですね。普通に煮だすとえぐみが出やすいのですが――この甘みで疲れが取れる気がしますね」

レオニードとタデウスも、気に入ってくれたらしい。

「疲労回復効果のある薬草を中心に選んでみましたー」

「なるほどー、イオレッタちゃん、才能ある！」

「あはは、ありがとうございます」

三人の中で一番率直に感想を口にしたのは、レオニード。

「これは飲みやすいな。たしかに、疲れが取れる……気がする」

ほんのりじんわりなんとなく、を思い出したのだろう。クライヴの肩が小さく揺れた。

「冒険者になってからずっと薬草採取ですから。こうやって薬草茶を用意するくらいの知識は持っておくべきだと思って」

なじみの薬師に組み合わせを教えてもらったお茶だ。おいしいに決まっている。

（……うん、今日は上出来）

こうやって人に薬草茶をふるまうのも珍しいことではないけれど、いつも以上にいい出来だ。

お茶のお礼に、と火であぶってとろけたチーズをクライヴが分けてくれる。酸味の強い堅いパンに載せて食べるといつもとは違った味わいだ。

家を出てから誰かと食事をするのは初めてだ。ひとりでも楽しいと思っていたけれど、誰かとこうやって会話しながら食べる食事も悪くないかもしれない。

「ひとりでも十分対処できるのはわかっているが、気をつけろ。近頃魔物の動きが活発になっている」

クライヴに言われてうなずく。ひとりでいることを選んだ以上、クライブの忠告通り気をつけなくては。


『ニバーン』の面々と別れ、採取した薬草を納品しようと冒険者組合に戻ってきたら、大騒ぎになっていた。

今まで見たことがないほどの人数が、治療所に詰めかけている。どうやら怪我人が多数発生したらしい。

「イオレッタ、当番の日じゃないのはわかってるんだけど、回復魔術をお願いできない？」

治療用のポーションや包帯を持ったアリスが声をかけてくる。

「もちろん、かまいませんよ！」

この状況を見て、黙って座っていられるはずもない。手を洗ってから、治療所に飛び込んだ。

最初にイオレッタの前に、連れてこられたのはブライアンであった。ゴルフィアに到着した初日、イオレッタを強引に勧誘しようとしたあの男である。あれから何度か遭遇し、挨拶ぐらいはする仲で落ち着いた。

「すまない、頼む」

目の前に座ったブライアンの肩はざっくりと切れている。

「アルディ、お願い」

『まかせて！』

イオレッタの耳には「まかせて」と聞こえるけれど、精霊使いの素質を持たない一般人には単なる鳴き声にしか聞こえない。

アルディが背中の毛を逆立てると、ブライアンの方が視線をそらした。アルディの針で、床に張りつけられた時のことを思い出したのかもしれない。

アルディの背中から放たれた針が、空中でふわりととけ、柔らかな光に変化した。その光が傷口に注がれると、みるみる塞がっていく。

「イオレッタの腕はたしかだな」

ほっと息をついたブライアンはそう言った。

「まったく。無茶しちゃだめですよ？　回復魔術を使える人がいないのなら、ポーション多めに持っていくとかしないと」

「ああ、肝に銘じておく。今回は苦戦してしまったがな」

傷口は塞がったが、体力までは戻らない。ブライアンの所属する『天を目指す者』は数日活動停止だ。

「ブライアンさん達が苦戦したんですか？」

「俺達だって、命は惜しい。ポーションは毎回多めに持っていくんだ。うちのスタイルだと、どうしても怪我をするからな。それでも今回は追いつかなかった」

「……そうでしたか」

C級まで昇級しているのなら、命を大切にするという初歩を忘れているはずもないだろう。

ブライアンはぐしぐしと頭をかいた。

「気をつけろよ、イオレッタ。このあたりに普段出ない魔物が出ているから」

「……そうなんです？」

「そうじゃなきゃ、俺達だって、こんな無様な状態で帰ってこないさ」

ブライアンが言うには、普段はこのあたりには出ないワイバーンが出現したのだとか。

ワイバーンとはドラゴンの亜種とされている魔物だ。四本の脚と翼を持つドラゴンと違い、前足と翼が一体化している。口からは毒のブレスを吐き出す厄介な攻撃をしてくる魔物で、ワイバーンと遭遇してこの程度で済んだのならばたいしたものである。

ワイバーンはなんとか退治できて、素材も持って帰ってくることができたらしいから、数日休むことになっても大きな収入減にはならないですむだろう。

「……怖いですねぇ」

魔物の動きが活発になっていると、クライヴからも聞かされた。

「採取の時も気をつけろよ。俺達の依頼と方向が同じなら一緒に行ってやるから――ああ、ちゃんと回復魔術についてては依頼するぜ？」

「大丈夫だけど、ありがとう」

初対面の時の勧誘がアレだったので、最初のうちはブライアンのことが苦手だった。幾度か顔を合わせているうちに、そこまででもなくなっている。

今の提案もイオレッタを心配してのものだとわかるから、お礼を言っておく。

（……それにしてもワイバーンか）

魔物の動きが活発になっているだけでなく、出没地域が変わるということは、なにか大きな変化が起ころうとしている可能性もある。

場合によっては、ゴルフィアを離れることも考えようと思いながら、イオレッタは次の患者に向かって声をかけた。

第二章　母国を離れて、旅に出ましょう

ワイバーンが出没したという情報は、あっという間に組合の中で共有されることになった。

ひとりで採取に向かうイオレッタを心配してくれる人もいたけれど、注意して行動すれば大丈夫だろう。

「フェオン、周囲の警戒をお願いしてもいい？」

『マカセテー』

イオレッタの要請に応じて姿を見せたのは、風の精霊フェオン。緑色の美しい蝶《ちょう》の姿をした精霊だ。

イオレッタが、周囲を警戒する必要がないのは、普通ならパーティーメンバーで手分けする仕事の大半を精霊にお願いすることができるし、必要ならばアルディやフェオンに結界を張ってもらうこともできるからだ。

その代わり、こうやって姿を見せている間、フェオンはずっとイオレッタの魔力を使い続けている。

「今日は、リメラ草の葉とゴリンゴの根とあとなんだっけ？」

朝、依頼を受ける時に書いてきたメモをちらり。あとは、ピスタラの花。いずれもこの近く

で採取できる薬草だ。

ピスタラの花は根ごと持って帰らないといけないから、けっこう気を遣う作業でもある。

「今日の夜は、『眠れる子羊亭』で御飯にしようかなあ。どう思う？」

『辛いのはイヤだな』

薬草を捜してくれているアルディにたずねれば、嫌という答えが返ってきた。

イオレッタには確認しようもないが、食べるものによって魔力の味が多少変わるらしい。

精霊にとって術者の魔力は最大のご馳走《ちそう》でもあるから、最高においしい状態で食べたいというのも納得。

辛めの料理が多い『眠れる子羊亭』で食事をしたあとは、イオレッタの魔力も辛くなるのだとか。フェオンは辛口の魔力が好きだから食後、アルディには夕食前に魔力を分けた方がいいかもしれない。

なんて考えながら薬草を採取していたら、あっという間に昼食の時間である。

今日の昼食は、途中で買ったパウンドケーキ。パウンドケーキが昼食になるのかなんて考えてはいけない。甘いものは正義。ケーキだけでもお腹いっぱいになるのだから問題ない。

小さな火をおこし、携帯用の茶道具で温かい紅茶を用意する。そして、いよいよお楽しみのケーキにかぶりつこうとした時だった。

『イオレッタ！　アッチ、タタカッテル！　ニゲテ！』

「……は？」

飛び込んできたのは、周囲の警戒をしていたフェオンである。巻き込まれないようにとイオレッタに忠告に来てくれたらしい。

「逃げてって言われても！」

イオレッタは飛び上がった。立ち上がり、フェオンのやってきた方角に目をやって眉間に皺を寄せた。

遠くの方に、戦っている人達が見える。というか、三人に向かって一方的に矢が射かけられている。

火にかけていた鍋をひっくり返して中身で消火。鍋はそこに放置して、争いの場の方へと走り始めた。

（……どっちが悪いのかはわからないけど！）

もしかしたら、攻撃されている方は盗賊とかなにかで、捕獲を依頼された冒険者と争いになっているのかもしれない。いずれにしても、怪我人が出れば、回復魔術が必要になるかもしれないわけで。

『オヒトヨシ！』

「しょうがないでしょ！　ほっとくわけにはいかないもの」

フェオンが呆《あき》れたように言うが、気にしてはいられない。

近づいてみて気がついた。攻撃されているのは、『ニバーン』である。彼らを囲み、遠くから矢を射かけたり、近接攻撃を仕掛けたりしているのは、二十人近くはいそうな集団だ。

「なにがあったんですか？」

「イオレッタちゃん、こっちに来ちゃだめだってば！」

イオレッタの声に振り返ったのは、『ニバーン』に所属している神官のレオニードである。メイスを装備した彼は、目の前にいた男を叩《たた》きのめしたところだった。

「イオレッタさん、逃げてください！　あなたまで巻き込まれる必要はありません」

もうひとりはタデウス。こちらは大剣を装備した剣士だ。もうひとりのクライヴはと言えば、地面に膝をついている。肩に矢が刺さっているらしい。

「来るな！」

クライヴがこちらに向かって叫んだ。と、多数の矢がこちらに向かって飛んでくる。

「フェオン！　皆を守って！　結界！」

フェオンが一気にイオレッタの魔力を持っていく。激しく吹き荒れる風が、矢をすべて叩き落とした。

「なにがあったのかはわかりませんけど——『ニバーン』さん達は悪くないと思うんですよねっ！」

隠れたところから、一方的に矢を射かけてくるなんて、まともな相手ではない。『ニバーン』の面々はゴルフィアに来てからのわずかな付き合いしかないが、きちんとした冒険者なのはわかっている。

「アルディ、攻撃いける？」

『いける！』

「フェオンは防御をお願い」

『リョウカイ』

「それなら、ふたりでいい感じにやっちゃって！」

精霊達に攻撃と防御を任せておいて、クライヴの方に近づく。アルディの拘束を振り切ったのか、また新たな矢が襲いかかってきた。それもまた、フェオンの風に叩き落とされる。

「あー、もう！」

早く怪我人の治療にかかりたいのに。こうなったら、出し惜しみしてはいられない。

「ヴァネッサ、助けて！」

イオレッタの要請に応じて出現したのは、三体目の精霊。太くて短い手足を持つ赤ちゃんのシロクマは、水の精霊ヴァネッサだ。

『んもー、人使いが荒いんだから！』

と吠《ほ》えたヴァネッサだったけれど、二本の後ろ足で立ち上がった。

『えーい！』

前足を上げると、姿を見せたのは、氷でできた十二本の槍《やり》。その前足を振り下ろすのと同時に、槍がばらばらの方向へと飛んでいく。

フェオンの風も、ヴァネッサの攻撃を邪魔することはない。どちらもイオレッタと繋がっている精霊だから。

氷の槍が飛んで行った方から、男達の悲鳴が響く。

「フェオン、様子を見てきて！」

ふわりとフェオンが舞い上がる。タデウスがフェオンとは別の方向に剣を握って走っていった。襲撃者達の方に向かったのだろう。

その時、立ち上がりかけたクライヴの身体がゆらりと揺れた。そのまま地面に横倒しになってしまう。

「クライヴさん、大丈夫ですか？」

フェオンの向かった方向から、新たな悲鳴が聞こえたような気はするが、攻撃はやんだ。タデウスの方からは戦いの物音。フェオンも行ったことだし、あちらは、任せておいて問題ない。

「クライヴ、聞こえる？」

倒れたクライヴの上にレオニードが屈み込んでいる。メイスは地面に放り出されていた。

「どうしたんですか？」

イオレッタの言葉に、レオニードは唇を噛《か》んだ。

「毒と呪いが同時に打ち込まれている。これは一筋縄じゃいかないな。俺もけっこう修行はしてきてるんだけど――」

「一筋縄じゃいかないってどういうことですか？」

「呪いを解くのと同時に解毒しないとだめだ。先に毒を消せば一気に呪いが回るし、呪いを解いたら毒が回る。一気に解毒と解呪して、次に傷の回復、だな――イオレッタちゃん、解毒はできる？」

「それはちょっと無理ですね……」

レオニードが言うには、解毒と解呪を同時に行わないと残った方が一気に影響を及ぼすように組み合わされているらしい。

解毒と解呪を同時に行う回復魔術も存在するが、何十年も修行しないと会得できないというのはイオレッタも知っている。レオニードはかなり修行しているが、まだ会得できていないそうだ。

（今まで解毒が必要になることはなかったから……）

なにかあっても精霊達が守ってくれるので、解毒が必要になることは今までなかった。

呪われるような場所に踏み込むこともなかったから、解呪も今のイオレッタでは対応できない。そもそも、採取をメインにというイオレッタの方針からしたら、呪いへの対処までは必要なかったし。

「となると、このまま運んで組合の治療所で助けを求めるか――あそこも解毒ができる人がいるかどうかは運になるけど」

レオニードは厳しい顔をしたまま、クライヴの額《ひたい》に手を当てる。それから、首を横に振った。

「おそらく、そこまでもたない」

「……レオニード……兄上……が……」

苦しそうにクライヴが口にする。はっとした様子のレオニードがこちらを振り返った。

聞かれたくないことをクライヴが口にしようとしているらしい。

「クライヴ、黙って。あの人のことは今は口にしないで。言いたいことはわかったから」

ふたりの様子を横目で見ながら、イオレッタは考え込んだ。

(……すべてのものに、精霊は宿る――だとしたら、毒の精霊もいるはず)

毒を扱う精霊が、今、この場にいたとしたら。まだ打てる手は残されている。

「レオニードさん、どいてください!」

「イオレッタちゃん?」

「ヴァネッサ、クライヴさんの身体を調べて!　身体の中にあってはいけないものを追い出して!」

人間の身体には、多量の水分が含まれている。水の精霊であるヴァネッサならば、人の身体に不要なものを見つけ出せるはず。

「だけど、イオレッタちゃん！　その」

「レオニードさんはちょっと黙ってて！」

不安になるレオニードの気持ちもわからなくはないけれど、今はヴァネッサと意思を通じ合わせることに集中したい。

『わかったわー』

ちょっとイラついたのがヴァネッサには伝わっていたらしい。余計なことは言わずに、クライヴの身体の中に消えた。

「ちょっとちょっと！」

「うるさい！　こっちも初めての試みなんだから！」

イオレッタの剣幕に押されたらしく、レオニードは口を閉じた。

ヴァネッサは水の精霊としては非常に優秀だ。普通の精霊使いなら契約するのは難しい中級精霊でもある。見た目、シロクマだけど。

クライヴの身体の中、ヴァネッサが自由自在に動き回っているのがイオレッタにはわかる。傷口からあふれてくる血は真っ黒で、いかにも怪しいものが混ざっていそうだ。

『見つけたわ！』

数分すると再びヴァネッサが姿を見せる。

「……毒の精霊はいた？」

『ええ。この子がそうよ。今、生まれたばかりの新たな精霊ね』

ヴァネッサの側にいるのは、紫色の小さな蛇。イオレッタの小指くらいの大きさしかないので、本当に小さな精霊だ。

（ここで、契約をしくじるわけにはには……）

無事に契約できたら、クライヴの身体から毒を消滅させることができるかもしれない。ちらりとクライヴに目をやれば、かなり毒が回り始めているようだ。先ほどは注意喚起してくれたのだが、もうそんな余裕もなさそうだ。

こんな形で契約をするのは初めてのことだが、やるしかない。

「……こっち向いて。私と契約しましょう？」

イオレッタが呼びかけると、蛇はこちらを振り返った。ちろりと赤い舌がのぞく。

『契約？』

「契約してくれたら、私の魔力を分けてあげる。ほら、おいしい魔力でしょう？」

どういうわけか、イオレッタの魔力は多くの精霊にとっては非常に好みの味らしい。目の前の精霊もそうだといいけれど。

差し出したイオレッタの指を舐《な》めた蛇は、わかったというように身体をくねらせた。

『――する。契約。おいしい、魔力』

「……よろしくね。あなたの名前は――ソム」

とたん、イオレッタと蛇の形をした精霊の間に、一本の糸がぴんと張りつめたような気がした。これが、精霊との契約が成立した証《あかし》。

「では、最初のお願い。このお兄さんが呪いを解くのに合わせて、毒を消すことができるかしら」

『できる。吸い出す、毒、消す』

傷口の上でソムがとぐろを巻いたかと思ったら、クライヴが苦しそうに声をあげた。彼の身体が地面の上で跳ねる。

「イオレッタちゃん、なにやってるのさ！」

「なにやってるのじゃなくて、さっさと解呪して！　タイミングは精霊の方で合わせてくれるから！」

イオレッタの大声に、レオニードは自分の役割を思い出したようだった。膝をつき、クライヴの傷に手を当てる。

「ソム、レオニードさんとタイミングを合わせるの。レオニードさん、私達を信じてください」

ぶっつけ本番だが、ここは信じてもらうしかない。ヴァネッサがソムに寄り添う。

『私も手伝うから、問題ないわ』

『まーかーせーてー』

「じゃあ、いくよ」

いつもは笑っているレオニードの表情が、一気に真剣なものへと変化した。口から流れ出るのは、神の助力を請う神聖魔術を使うための聖句。

地面に横たわっていたクライブの身体が再び跳ねた。と、同時にあたりが真っ白な光に包まれる。

『やった、解毒、完璧』

ソムの話し方がたどたどしいのは、具現化するのが初めてだからだろう。

「こっちも成功――ありがとう、イオレッタちゃん」

「いえ、できることをしただけですから」

「君は……」

口を開きかけたレオニードだったが、すぐに首を横に振った。と、そこへタデウスが戻ってくる。相手が持っていたものを奪ったのか、手には弓と矢があった。

「クライヴはどうです？」

「イオレッタちゃんのおかげで、問題ない」

タデウスが、こちらを向くと、レオニードが立てた指を口元に当てた。黙っていろという合図を理解したらしく、そのまま頭を下げる。

「クライヴを助けてくださって、ありがとうございます」

「いえ」

にっと笑ったタデウスの笑顔がまぶしい。不意に気になった。この三人、どういう経緯でパーティーを組んだのだろう。

「タデウスさんの方はどうでした？」

「逃げられました。傷を負わせた者もいたのですが――逃げられないと悟ると、自害されてしまって」

「自害……？」

どうして、そこまでしたのだろう。

その疑問を口にしかけ、でもそこでイオレッタも口を閉じてしまった。

――だって。

どう考えても普通じゃない。B級冒険者ともなると、あちこちで恨みを買うだろうから、襲撃されるのはありえない話ではない。

だが、それならもっと単純。

冒険者同士の争いなら、せいぜい数年鉱山で労働すれば問題解決。冒険者には復帰できないとしても、自害するほどのことじゃない。

それに、呪いと毒の合わせ技なんて嫌がらせ、よほどの術者がいなければ無理。

となると、裏には大きな陰謀が隠れているかもしれないわけで――暗殺者を送るというのはそれこそ大がかりな犯罪組織か大貴族が糸を引いている可能性が非常に高い。

イオレッタも一応貴族だからわかる。これは、詳細を聞いてはいけない話だ。

「とりあえず、ゴルフィアに戻りませんか？　回復魔術で傷は回復しても、失った血は戻りませんから」

「そうだね、そうしようか。タデウス、クライヴを任せていいかな？　俺は、こいつらの荷物を持ち帰って調べてみる」

タデウスがクライヴを担ぎ上げ、持ちきれない荷物や回収してきた武器はレオニードが運ぶことになる。

「私も、荷物運ぶの手伝いますよ。今日のノルマは達成してますし」

「助かります。申し訳ありませんが、手を貸していただけると助かります」

「悪いね。今度お礼はするから」

クライヴを担いだタデウスが、軽く頭を下げた。レオニードのお礼は、遠慮しておく。

『あなた達、先に行って安全かどうか確認してきなさい！　ソムは、イオレッタから離れないようにね』

『いる、ここに』

ヴァネッサが号令を出す。ソムはしゅるしゅるとイオレッタの服の中に入ってきた。

『わかった！』

『ミテクルー』

アルディとフェオンが魔物がいないかどうか、先に行って確認する。彼らが先に行ってくれたおかげで、安心してゴルフィアまで戻ることができた。

クライヴの呪いはレオニードが解呪。毒物もソムと契約をしたイオレッタが無事に解毒した。それで、問題はなかったはずなのだ。基本的には。

「……なんで、こうなっているんでしょうね？」

「君には詫びをしないといけないからな」

はい、ここ。組合の一室。複数のパーティーが合同で依頼を受ける時などに開放される場所。通常ならイオレッタと『ニバーン』だけで使うような場所じゃない。

となれば、人に聞かれたくない話なのだろうなという予測はできるわけで。

あれから三日。クライヴが元気になったのはいいことなのだろうが、これはどういうわけだ。

（……ってか、防音の魔術まで使ってるし！）

お礼とかお詫びとかにしては、警戒が厳重すぎやしないか。

「お詫びなんて、いいですよぉ。秘密だけ守ってもらえれば。私、一応アルディとフェオンとしか契約してないことになってるんですよね」

母と同じような生き方はしたくない。祖母のような生き方もごめんこうむりたい。

領地に対する愛や責任感がまったくないとは言わないけれど、元家族が守りたいというのであればお任せしてしまおうと思うぐらいには伯爵家に対する思いは薄い。

だからこそ、精霊使いとしての能力も家族には秘密にしてきた。見せていたら追い出されることもなかっただろうけれど、後悔はしていない。

家を出た今は、積極的に広めるつもりもないけれど、知られたら知られたでまあいいかとも考えている。

「それは、もちろん守る。俺達三人とも誓約魔術を使ってもいい」

「それは……本気ですね……というか、誓約魔術？」

誓約魔術とは、約束を破らない様にするための魔術だ。誓約に反したとたん、その場で命を落とすなんて取り決めにする場合もあるらしい。

誓約魔術の行使は、契約書を作ることのできる魔術師に依頼して、契約書を作ってもらうことから始まる。その書類に双方一滴の血を垂らして、署名。誓約魔術を使える者が、契約を成立する術をかければ終了だ。

魔術師はどうするのかと思っていたら、クライヴが誓約魔術を使えるらしい。

腰に剣をつっているし、革鎧をつけているしで、てっきり剣士なのかと思っていたが、実は魔術師なのだそうだ。

魔術師の使う起動媒体には、右手の指輪を使うのだとか。たしかに杖《つえ》じゃなくてもいいわけだけれど、見た目とやってることが違いすぎる。

いくらクライヴが誓約魔術を使えるとはいえ、そこまでする必要はないのに。

「あの、もしかして私にもなにか誓約魔術をかけたいんですか？」

他にクライヴからそんなことを言い出す理由もわからず、イオレッタの方から問いかける。

意外だというように、三人はそろって眉を上げた。ああ、パーティーなんだなとそんなところで納得する。考え方が似ているのだろう。

「ほら、そっちも私になにか秘密にしておいてほしいことがあるから、お互い秘密はまもろーぜ、みたいな……違いました？」

クライヴの肩が落ちている。想定外のことを口にしていたらしい。

「俺達の方は、君に代償を求めるつもりはない。ただ、君の精霊の数は異常だろう？　俺のために、君の秘密を明らかにしてしまった。俺達も、レオニードから話は聞いている」

「あー……たしかに、レオニードさんも事情を説明しないわけにはいかないですよねぇ」

クライヴの回復が異常なのは、クライヴ本人もタデウスも瞬時に理解するはず。

となれば、レオニードも事実を告げないわけにはいかないだろう。それはかまわない。

精霊使いが一度に契約できるのは一体、せいぜい二体である。契約を解除して新たな精霊を求めることはあっても、同時に多数の精霊と契約するのは難しい。

三体の精霊と契約していたら、すさまじい使いを持つ精霊使いで、四体と契約していたら伝説レベル。

ちなみにイオレッタが彼らの前に出したのは、土の精霊アルディィ、風の精霊フェオンに、水の精霊ヴァネッサ。そこに毒の精霊ソムと契約。

伝説、誕生なわけである。

「毒の精霊とやらともあっさり契約してたでしょ？　俺、一応神官だからそのあたりの知識もないわけじゃないんだよね。普通なら、もう少し時間がかかる」

人と精霊が契約する場に立ち会うなんて、そうそうあるものではない。珍しい現場に立ち会ったレオニードは大いに満足そうではあるが、やはり見抜かれていたか。

「私も現場に居合わせればよかったです」

「俺なんて、死にかけてたんだぞ」

と、タデウスとクライヴ。なんでそこで残念がるのだ。

「それはともかくとして、ね。イオレッタちゃんがアルディィとフェオンのことしか組合に伝えていない以上、俺達も口を閉じておくべきだと思うんだよ。クライヴの命を助けてもらった恩もあるし」

「そこで、誓約魔術だ。俺達は秘密を守る」

「そこまでしなくていいですよ。いざとなったら、ここから出ていけばすむことですから」

もともと、ゴルフィアを永住の地として定めたわけではない。いずれ出ていくこともあるだろうと考えていた。

「だが」

「誓約魔術だなんて、大げさです。お互い様です」

「君は俺達を信頼しすぎだ。こういうことはきちんとしておいた方がいい――というか、書類はもう用意してあるんだ。条件さえ決めれば、すぐに誓約を結ぶことができる」

昨日の今日で、誓約魔術の契約書を用意しているとは、仕事が早い。必要ないとも思うけれど、「守っていれば問題は発生しないわけだから」というクライヴの説得に折れた。たぶん、そうするのが一番いい。

イオレッタの許可なく秘密を話そうとしたら、ひどい頭痛に襲われるという比較的穏便なものにしてもらった。さすがに命を取るのはやりすぎだ。

「いったぁ……」

指の先を針でついて血を垂らす。回復魔術で塞いでしまうにしても、痛いものは痛い。

「で、次の話。詫びの方だ。先日の襲撃。あれは、俺を殺そうとしたものだった。タデウスとレオニードもだな」

「そんなに恨みを買ってるんです？　B級冒険者になるのも大変なんですねぇ……」

おそらく、討伐された盗賊の残党だとか、悪事を暴かれた貴族の無意味な報復とかそのあたりなのだろう。B級冒険者ともなれば、人を相手にした依頼も物騒なものが増えてくる。

「……そういうわけじゃないんだが」

「いえ、イオレッタさん鋭いですね！　そうなんですよ――半年ほど前に受けた依頼で恨みを買っていまして！　お詫びと言うのは、もしかしたらイオレッタさんにもその報復の矛先が向くのではないかと」

説明しようとしていたクライヴにかぶせるようにして、タデウスが口を挟んでくる。イオレッタにもその矛先が向くって、巻き込まれるにもほどがある。

「……私、なにもしてないのに」

「俺を助けたのが原因だ。すまない」

クライヴが深々と頭を下げる。そうか、それでお詫びか。でもまあ、巻き込まれてしまったものはしかたない。

「わかりました。身辺には注意しますね！」

「……え？」

イオレッタが立ち上がったら、三人そろって首を傾《かし》げた。

もう用件はすんだのだから、引き上げても問題ないだろうに。

「でも、もし君の身に危険が及んだら」

「背中は常に見張ってもらってるので、大丈夫です！」

ゴルフィアの外に出る時には、フェオンが周囲を警戒してくれるし、魔物が側に来ないようアルディが結界を張ってくれている。警戒対象に人間も加えればいいだけの話だ。ヴァネッサもソムもいてくれる。

そして、警戒対象が増えた件については、『ニバーン』の面々は責任を感じる必要はないのだ。

（フェオンは、巻き込まれる必要はないって言ってたものね）

フェオンはちゃんと警告してくれた。イオレッタはあの場から離れるべきだ、と。

その忠告をまるっと無視してあの場に駆けつけたのはイオレッタなのだから、文句をつけるつもりはない。

「逆恨みしている人、捕まるといいですね」

「おー、おお」

にっこりと微笑むと、クライヴは毒気を抜かれたようだった。

「じゃ、私、治療所に行きますね。今日は治療所で待機の日なので」

治療所に下りた時には、イオレッタはもう完璧に気持ちを切り替えていた。

＊　＊　＊

「……行ってしまったな」

ぺこりと頭を下げて部屋を出て行ったイオレッタを見送り、クライヴは椅子の背もたれに身を預けた。

「危なっかしいですね。私達でよく見ておいてやらないと」

「いつでも逃がせるように、手配はしておかないとだね。それは、俺に任せてもらっていいかな？　神殿の協力も得られるだろうし」

タデウスは首を振り、レオニードはすかさず次の手の思案に入る。

イオレッタのような才能の持ち主は、今まで見たことがない。

精霊使いとは会ったことがあるけれど、あそこまで自在に精霊と意思の疎通ができるのは初めて見た。

「たしかに、危なっかしいな。人がよすぎるというか」

精霊使いとしてまれな才能を持っていることを知られたくなければ、倒れたクライヴを見捨ててもよかったのだ。見捨てたとしても、あの状況では責められない。

けれど、イオレッタは違った。迷わず駆けつけてきて、自分の手をすべて晒《さら》してクライヴを助けてくれた。

「自分の身ぐらい、自分で守れる——か。イオレッタちゃんはたくましいね」

イオレッタの周囲には常に、精霊の気配がまとわりついている。本人が言っていたように、周囲の警戒は精霊に任せているのだろう。

「イオレッタが、自分の身を守れることは俺もわかってるんだ。だが、どうしたって、巻き込む形になるだろう？」

「――だね、殿下。だから、俺が次の手を考えるって言ってるでしょう？」

レオニードが困ったように、唇の片端だけを上げて笑う。

プラディウム王国第二王子。それが、クライヴの真の身分だ。

プラディウム王国では、成人前に身分を隠して周辺諸国を旅してまわり、見聞を広める機会を持つという習わしがある。これは王侯貴族においては義務であり、裕福な庶民も同じようにすることが多い。

クライヴと共にいるレオニードとタデウスは、クライヴの護衛であるのと同時に、共に見聞を広めている仲間である。

「俺には、野心はないんだけどな」

兄のエグバートは、クライヴが王位を狙っていると信じ込んでいるらしく、今まで幾度となく刺客を送り込まれてきた。

「私達はわかっていますが、エグバート殿下にとっては、あなたは恐ろしい存在なんですよ。騎士達の間でも、あなたを次の王にと望んでいる者は多いのですから」

タデウスは代々騎士団長を務めてきた家系の次男である。クライヴが王宮に戻ったあとは、レオニードの近衛騎士団に入る予定だ。彼の兄である長男は、すでに騎士として王宮に仕えていて、未来の騎士団長との呼び声も高い。

その彼がそう言うのだから、騎士達の間にクライヴを望む者が多いのも間違いではなさそうだ。

「王宮には戻らないにしても、いずれ国には戻らないといけませんよ。どうしますか」

「その時には領地に戻る。あそこなら、兄上の手の者もそうそう入り込めない」

「神殿にも、君が次の王ならなって嘆いているやつ、多いんだよね。君の意思なんて完全に無視でさ」

プラディウム王国の王太子エグバートとは同腹の兄弟なのだが、心許せる間柄というわけでもない。だが、クライヴは国政に関わるつもりもなく、王宮に戻ったあとは、彼の下で働くことになんの不満も覚えていなかった。

エグバートならばよい王になるだろうとも思っていたし、それでいいとも考えていた。

だが、エグバートは、クライヴが王位を狙っているという妄想をどうすることもできないらしい。名門騎士の家系の者と、名門神官の家系の者がクライヴの側にいるのも気に入らないのだろう。

エグバートが見聞を広めるために出かけていった時には、宰相家の長男に、タデウスの兄、レオニードの従兄弟と財務大臣の息子を同伴させたというのに。

将来、国を支える中心人物になれると期待している者達はエグバート側についているというのに、なにを恐れているのかクライヴにはまったく理解できない。

国を離れてからは、ついに暗殺者まで送り込んでくるようになった。

今までは返り討ちにできていたから問題はなかった。今回も呪いと毒を同時に打ち込んでくるなんて真似をされなかったら、クライヴが膝をつくことはなかっただろう。

「俺は王位に興味はないんだがな」

「それを、王太子殿下が信じてくれればいいんだけどね。なかなか、難しいでしょ」

「……そうだな。準備はしておこう」

国境を越えて数日行ったところに、クライヴの領地であるロシードがある。そこならば、他国よりもずっとクライヴの手の者を動かしやすくなる。

「――で？　イオレッタちゃんがどうしてそんなに気になるんだ？」

レオニードがぐいとこちらに身を乗り出してくる。彼が、こういう顔をしている時は、ろくなことを考えていないのだ。そのぐらい、長い付き合いで完璧に呑《の》み込んでいる。

「それはいいだろう、どうでも。それより、暗殺者達からなにか出てきたか？」

「なにも。証拠は見事に消されていますね」

タデウスの方に問いかければ、彼は浮かない顔になる。

「――だよな」

あの兄が、弟を殺そうというのだ。簡単に足がつくような真似はしないだろう。

「生きていれば、騎士団仕込みの尋問術を実地で練習する機会が得られたのですが」

顎《あご》に手をやったタデウスは、剣呑《けんのん》な表情になった。穏やかな物腰に騙《だま》されがちなのだが、この三人の中で一番喧嘩っ早いのも物騒なのもタデウスだし、騎士団仕込みの尋問術とは拷問のことである。

と、ここまで考えて、クライヴはふと目を扉の方にやった。

たしかに、イオレッタのことは気になっている。それは、彼女が命の恩人だからという理由だけではなさそうだ。

――でも。

今はその気持ちに名前を付けることは難しそうだった。

＊　＊　＊

クライヴ達は、しつこくイオレッタを誘うようなことはなかった。

そういうところからも、彼らの人間性については信用していいのだろうと判断している。

朝、組合に立ち寄ったら、ちょうど家令からイオレッタに手紙が届いていた。

どうなろうが知ったこっちゃないと言えればよかったけれど、イオレッタのわずかな責任感は、手紙を読めとせかしてくる。

すぐに中身を確認してみれば、今のところ、大きな問題は起きていないらしい。どうか、このままでいてほしい。

「さてと、今日も採取採取っと」

『元気、クライヴ？』

少し大きくなったソムが、イオレッタの右腕に絡みついてくる。

「ええ、元気になったわよ。ねえ、この果物から毒を抽出できるかな？」

『できる』

イオレッタが手に持っているのは、レドニカと呼ばれる果物だった。葡萄《ぶどう》と同じぐらいの大きさで、木になるのではなく、地面に近い位置に実をつける。

食べてもおいしいのだが、問題は毒を持っていて、毒を抜いてからでないと食べられないところだ。

イオレッタは食べるためではなく、レドニカの実を納品してほしいという薬師の依頼を受けて採取に来た。毒を抜いたレドニカは、解毒ポーションの材料になるのだとか。

本当は、三日ほど水に浸け込んで毒を抜くけれど、イオレッタはソムに頼んでしまう。

『できたー』

「ありがとう。ソム。お礼に魔力をどうぞ」

『食べるー』

ソムの姿は、紫色の小さな蛇。舌を出して喜んでいる様はとても可愛らしい。イオレッタが指を差し出すと、ちろりと指に舌を這《は》わせてくる。

「ふふ、くすぐったいねえ……」

と、ソムに微笑みかけたイオレッタは、すっと表情を引きしめた。フェオンの、声にならない警告。ソムを指に絡ませたままぱっと飛びのく。

と、フェオンによって弾かれた矢がばらばらと地面に転がり落ちた。

「――なっ」

と、声がしたのは襲撃者のもの。まさか、気づかれるとは思っていなかったのだろう。

「なんで？」

平和に地味に目立たず生きているのに、なんで襲撃されなければならないのだ。

「え、ええと……」

相手の攻撃手段が矢だけならば大丈夫。フェオンに風の結界を張り続けてもらって、アルディに拘束させればいい。アルディに相手を探してもらおうとしたその時、クライヴが駆けつけてきた。

「イオレッタ、遅くなった！」

「無事か？」

「無事です。あの、どうしたんですか？」

こちらに駆けつけてきたクライヴはほっとした顔をしていた。それから、イオレッタの指に絡んでいるソムを見て目を細める。

「精霊の守りがあるから大丈夫だとは思ってたんだが――このままではよくないな」

視線を斜め上にやった彼はしばし思案の表情。それから、イオレッタに向き直ってから口にした。

「君はここで守りを固めろ。俺達は、あいつらをどうにかしてくる」

手伝おうかと申し出たら、首を横に振られてしまった。

というか、あちこちから悲鳴が聞こえてくる。たぶん、タデウスとレオニードが襲撃者達に対応しているのだろう。

あっという間に襲撃者は捕らえられた。クライヴを殺しに来た時とは違い、元冒険者を雇ったようだ。いろいろとツメが甘い。

頑丈なロープでぐるぐる巻きにされた彼らは、呪詛《じゅそ》の言葉を吐き出している。そんな彼らを連行しながら、クライヴはため息をついた。

「イオレッタ。ゴルフィアを出る気はないか？　やはり、君も危険だ」

「どうもそうみたいですねぇ……」

イオレッタがしみじみとつぶやいたら、男達を立ち上がらせようとしていたタデウスが振り返った。

「申し訳ないですね。犯罪者を捕まえることも私達の仕事なんですよ。となると、どうしたって恨みは買うことになってしまうんですよね」

「あの時の矢、殺《や》る気満々でしたもんね……」

クライヴが倒れた時使われていた矢を、冒険者組合経由で薬師組合に持ち込んで調べてもらったら、世間には知られていない新種の毒だったそうだ。

冒険者組合で買える解毒薬は、既知の毒にしか対応していないから、ソムと契約できていなかったらかなりまずい状況だった。呪いと併用していたことといい、クライヴを確実に殺す気だったに違いない。

「ゴルフィアを出るのはまあいいんですけど。前にも話しましたけど、永住する気もなかったですしね」

気ままなひとり暮らし。どこに行こうが、イオレッタの自由。食べていくには困らないし、問題はない。

「それなら、次はどこに行くか考えなくちゃ」

まだゴルフィアにいるつもりだったので、どこに行こうかまったく考えていなかった。どうしよう、と悩むけれど、冒険者組合のアリスに相談すれば問題ないか。

「あー、もしよければ、なんだが、俺達が本拠地にしている町に行かないか？」

申し訳なさそうに、クライヴが誘いをかけてくる。

「本拠地ですか？」

「国境を越えたロシードという町だ。ここと同じように自然が豊かだし、採取者としても生計を立てやすい。俺達の顔も利くから、こういった輩《やから》は入り込みにくいしな」

クライヴの視線の先では、拘束された暴漢達がもごもごと蠢《うごめ》いている。このままゴルフィアの警備隊に突き出されるのだそうだ。

「ほら、俺達君に迷惑かけてるしさ。新しい場所に行った時に知り合いがいるのといないのとでは、君の気持ちも変わってくるんじゃないかなーって」

「私達、自前の馬車を持っているので移動は楽ですよ。ご一緒にいかがですか？」

レオニードとタデウスも熱心に誘ってくれる。

たいした荷物があるわけじゃないけれど、馬車でのお誘いは魅力的。

それに、彼らともう少し一緒にいたいと思ってしまったのも事実。

「じゃあ、一緒に連れて行ってください。その方が、道中安心だと思うし！」

今までなら、誰かと共に行動するなんて考えたこともなかったのに。

なんで、彼らの誘いには乗ってしまうのだろう。

自分でもわからないままイオレッタがうなずくと、彼らもまたほっとしたようにうなずいたのだった。

＊＊＊

その日、ベルライン領は幸福に包まれていた。

ベルライン家に生まれた新たな精霊使いシャロンと、強力な精霊使いトラヴィスがついに結婚する日を迎えることとなったのだ。

いつの間にか、イオレッタの存在はなかったことになっていた。

領民の中にイオレッタを気にした人がいなかったわけでもないのだが、「家を出て嫁いでいった」と聞かされれば「そうなのか」で納得するしかない。庶民は貴族の家に余計な口を挟むべきではないのである。

書類上はシャロンもベルライン家の正当な後継者である。となればなにひとつ問題はなく、むしろめでたいこと。面倒事に巻き込まれそうなら、見て見ぬふりをする方がいい。

そんな領民達の思惑はともかくとして、ふたりの輝かしい未来を象徴しているかのように、青空が広がっている。頬を撫《な》でる風は柔らかく、心地よい。

「よくやったな、シャロン。これで我が家も安泰だ」

「お父様、育ててくださってありがとうございました――って、嫁ぐわけではないのですけれど」

「ああ。トラヴィスは優秀な男だ。シャロンにふさわしいよ」

うふふ、とシャロンは微笑んで、白いバラを中心としたブーケで顔を隠してしまう。

ベルライン家の娘が結婚するのだ。最高に美しく装わなくては。

真っ白なドレスには、真珠を使った刺繍《ししゅう》をびっしりと施し、裾は長く引いている。長い髪を覆うベールは、南の国からはるばる海を渡って運ばれてきたもの。精緻な職人の仕事が見事な一品だ。

（本当、精霊使いとして目覚めることができて幸運だったわ……そうでなかったら、今頃ここに立っていたのはあの人だったはずだもの）

あの時、シャロンはまだ幼かったけれど、この屋敷に来た時の衝撃は今でもはっきりと覚えている。

馬車を降りたら、目の前にあるのは大きく白く立派な建物だった。赤い屋根が印象的で、柱に施された彫刻の蝶は愛らしかった。

玄関ホールを入れば、目の前には真っ赤な絨毯《じゅうたん》の敷かれた立派な階段。踊り場から左右に分かれ、二階に続く階段の手すりはピカピカに磨き上げられ、柱同様見事な彫刻で飾られていた。

正面の踊り場にはステンドグラス。色ガラスを通して降り注ぐ色とりどりの光は、まるで伯爵家の令嬢となったシャロンを祝福しているかのようだった。

隣にいる母も、ぽかんとステンドグラスを見上げていたから、夢見心地だったのだろう。

異母姉だと紹介されたイオレッタは、こちらを冷たい目で見ていた。本当の妹がやってきたのに、なんでそんな目で見るのだろうと思ったことを覚えている。

「お姉様には、トラヴィス様はふさわしくありませんわ」

清純な花嫁にはふさわしくない邪悪な喜びにあふれた笑みを浮かべながら、シャロンはそう口にした。

一目見た時、トラヴィスのことを好きになってしまった。

きちんと整えられた金髪は艶々で輝いていて、緑色の瞳はシャロンを見たら嬉《うれ》しそうな光を浮かべてくれた。

今まで見たこともないような上品な服を身に着けた彼は、どこからどう見ても立派な王子様。育ちのよさがあふれていた。シャロンの手を取って、キスを落としてきた時にはそのまま天に召されるのではないかと思ってしまった。根性で地上に踏みとどまったけれど。

「そうだな。シャロンが精霊使いとして目覚めなくても、アレを始末する方法はいろいろ考えていたんだが」

「お父様、アレだなんて言ってはいけませんわ。お父様の血を引いていることには違いないのですから」

と、一応父をたしなめているが、家から追い出された貴族令嬢が無事でいられる可能性はほとんどない。

魔物に食べられてしまったか悪人に捕まって売り飛ばされてしまったか。いずれにしても、シャロンには関係のないことだ。

「そう、私こそがこの家の正当な跡取りですもの」

シャロンはうっすらと微笑んで、指の先に魚の姿をした精霊を呼び寄せる。水の精霊イオリア。シャロンが契約した精霊だ。

水色の魚は、どこから見ても幻想的で美しい。もし、イオリアと契約できていなかったら、今頃はトラヴィスとイオレッタの結婚式を見守る側だったかもしれない。

父は様々な手を考えているとは言っていたけれど、一度決まった婚約をなかったことにするのは難しかった。でも、シャロンが精霊使いとなったことで、その問題も無事解決だ。

「この家を立派に盛り立ててみせますわ、お父様」

残念だったわね、とイオレッタの姿を想像しながら思う。

本妻の娘だからと、いつも冷たい目で見下ろしてきたイオレッタ。

けれど、この家を継ぐのはシャロン。トラヴィスに愛されるのもシャロン。領民の愛を一心に受けるのもシャロンだ。

なにひとつ、イオレッタには渡してやらない。

「では、行こうか」

愛する父が、シャロンに腕を差し出してくる。

――今日、シャロンは愛する人の妻になる。その光景を異母姉に見せつけてやれないのだけは残念だと思った。

第三章　薬草不足でさあ大変！

アリスや組合長はイオレッタがゴルフィアを離れるのを残念だと言ってくれたけれど、根無し草みたいな生活を送る冒険者が大半だ。

『ニバーン』の面々と一緒なら安心だろうと、名残惜しみながらも見送ってくれた。

彼らがパーティーの財産として持っているのは、幌《ほろ》馬車であった。遠出をする時は、テントを張らずにこの中で寝ることもあるそうだ。

馬も彼らパーティーの財産。町に滞在している時は、馬の預り所に預けているらしい。

「自前の馬車があるっていいですねぇ……」

幌馬車の端にちょこんと腰を下ろしたイオレッタは、しみじみと口にした。

採取中心の生活なら遠出なんてしないし、ひとり暮らしでは馬車なんて必要ない。生家を逃げ出し、ゴルフィアまで移動した時には、徒歩か乗合馬車だった。

彼らの馬車は、いろいろ改造してあるらしく、乗合馬車よりはるかに乗り心地がいい。

交代で御者台に座り、時々休憩を取りながら、彼らの本拠地であるロシードへ向かう。

「時々王都まで行くこともあるからな。馬車はあった方がいいんだ」

と、クライヴ。

彼らの本拠地であるロシードは、プラディウム王国の王都チェスローから馬車で二日ほどのところにあるそうだ。

夜になって野営の場所に決めたのは、街道から少し離れたところにある草原だった。同じようにここを野営の場にしたらしい旅人達が荷物を広げて、夜の準備をしている。

食事の支度はイオレッタが中心となって担当した。御者台に座るのを、イオレッタは免除してもらっていたので。

とはいえ、こんな場所なので、四人分の材料を鍋に放り込み、煮込んだら味つけをして終了。味つけもおおざっぱなものではあるが、イオレッタが持って来た調味料を加えることで深い味わいとなっている。

「——お、うまいな」

最初にスープを口にしたクライヴがそうつぶやいた。こわごわと彼の様子をうかがっていたイオレッタはほっとする。

タデウスとレオニードの口にも合ったようで、ちょっと多いかなと思いながら料理した分すべて綺麗《きれい》に片付いた。

食後は綺麗に洗った鍋で手持ちの薬草を煮出した薬草茶。途中で体調を崩さないように、体力回復の効能があるものを中心に組み合わせる。

一日旅をしてきて、のんびりとくつろいだ時間。家にいた間も、家を離れてからも、ずっとひとりだったから、他の人とこういう時間を過ごすのは初めてだ。

ちろちろと踊る火を見ながら会話をかわす。彼らの仲がいいのは、きっと、何度もこういう時間を一緒に過ごしたからなのだろう。

「そう言えば、皆さんのパーティー名の由来ってなんですか？　ずっと気になってたんですよね」

パーティー名は、いくつかの決まりさえ守れば自由に決めることができる。

たとえば、とある商家に生まれた兄弟とその従兄弟達が作ったパーティーの場合。家名からとって、『ウェルフォード』だった。

かと思えば、栄光の未来を掴みたいという理由で『栄光への憧れ』なんてパーティー名を付けているパーティーもある。ブライアンの『天を目指す者』も、同じような経緯で決められたもの。

面倒だったからとパーティーメンバーの好きなものを繋げたら『肉肉酒ケーキ』になってしまった例もある。わかりやすいと本人達は気に入っていたそうだが。

となると『ニバーン』にも意味があるのではないかと思う。

「あー、それな？　俺、次男」

興味本位でたずねたら、クライヴが手を上げた。

「俺も次男」

「私も次男です」

レオニードが続き、最後にタデウス。どうやら、三人とも次男。次男と言えば二番目に生まれた男性のこと。

「ニバーンって、まさか二番……」

「正解。本当は『ジナンズ』にしたかったんだけどな？」

クライヴが言うには、同じ名前のパーティーがあるからという理由で『ジナンズ』は却下されてしまったそうだ。

パーティー名を決めるにあたり、守らねばならない制約のうちひとつが、「現在同じ名前で活動しているパーティーが存在しないこと」である。さらに、「過去十年の間、同じ名前で活動していたパーティーが存在しないこと」も追加される。

これは、同じ名前のパーティーがあると、世間の人達が混同する可能性があるからだそうだ。大陸の端と端だったとしても関係ない。冒険者はどこにでも行く職業だから。

たしかに片方のパーティーは品行方正だったけれど、もう片方のパーティーはだめだめだった場合、いろいろとややこしいことになってしまう。

「なるほど。わかりやすいですね」

全員次男だから『ニバーン』、とてもわかりやすい。感心するのと同時になんだかおかしくなってくる。

空を見上げてみれば、満天の星。家を出なかったら、こんなにも美しい空があるということも知らなかった。

「――どうした？」

「いえ。今、冒険者になってよかった――って実感してたんです」

「なんだよ、それは」

クライヴが笑う。けれど、家を出たからこそ、こんな時間を過ごすことができるのだ。


旅を続けること十日。

ついにクライヴ達が本拠地としているロシードにやってきた。

領主に代わってあたりを治めている代官が暮らしている場所ということもあり、ロシードの周囲はぐるりと壁に囲まれている。いざという時には守りを固めることのできる造りでもあった。

ロシードに入るには、門のところで審査を受ける必要がある。ゴルフィアではそこまで厳しくなかったけれど、代官の暮らす町ではどうだろう。

門の前には、町に入るための審査を受ける人がずらりと並んでいる。御者台に座ったタデウスは、馬車をそちらに向けた。

「あれ、戻ってきたのか」

「ああ。ここが本拠地だからな」

馬車から顔を出したクライヴと門番が会話を交わしている。どうやら『ニバーン』の面々と門番は顔見知りらしい。イオレッタの方を見て、「新しいメンバーか？」と首を傾げている。

「や、彼女はここまで同行してきた冒険者。回復魔術を使うことのできる精霊使いだ」

「おお、それは助かるな！」

こうしてみると、彼らが気安い仲なのは間違いない。

ロシードに来るのが初めてのイオレッタは、馬車の後ろににじり寄り、入り口に垂らされている布を持ち上げて外の様子を眺めていた。

「ああ、やっぱり人が多いと街の光景も変わりますねぇ！　素敵！」

「だろ？　ゴルフィアも悪くないけどな！」

と、なぜかクライヴは自慢顔。

夕方間近となった今、行き交う人達は皆忙しない。街には活気があふれていて、ここは栄えているのだと如実に伝えている。

店先に並ぶ商品も豊富で、馬車の中から確認できる範囲では、適正価格。この町にしばらく滞在するのも悪くなさそうだ。

「冒険者組合まで送ってやる。俺達も戻った連絡はしないといけないからな」

「ありがとうございます」

クライヴが付き添ってくれると言うので、ありがたくそれを受け入れる。彼らと一緒に行けば、ブライアンのような問題が起こることも少ないだろう。

イオレッタの目論見通り、クライヴ達が一緒に来てくれたので、からまれることなく滞在届を出すことができた。

（……こっちに転送されてくるから問題はないわね）

一応家令には、冒険者組合を通じて連絡が取れるようにしてある。

あの人達が道を誤るようなことがあれば戻らないといけないだろうけれど、イオレッタの平和な生活のためにも、道を踏み外さないことを祈っておこう。

「ここまで一緒に来てくださってありがとうございました」

「こちらこそ。俺達に巻き込まれなかったら、まだゴルフィアで生活できていたのにな」

「ううん。新しい場所に滞在するってわくわくしますから！」

そう、イオレッタは自由の身なのだ。ゴルフィアでの生活も悪くなかった。

組合の治療所で手伝いをして、薬草を採取に出て。暮らしていくには十分だったし、貴族の娘として送ってきた窮屈な生活とは雲泥の差だった。自由って、素晴らしい。

「ここでも同じような生活ができると思うんだ。もし、なにか困ったことがあれば遠慮なく声をかけてくれ」

「そうさせてもらいますね」

クライヴの言葉が嬉しい。

新しく行く場所に、知り合いがいるというのは悪くない。ここまでの旅路も、彼らがいてくれたから楽しかった。

実家にいた頃も冒険者としての活動はしていたけれど、イオレッタはずっとひとりで活動していた。変装はしていても、伯爵家令嬢のイオレッタと冒険者のイオレッタが同一人物だと気づかれる可能性もあったから。

母がつけてくれた名を捨てるのは気が引けて、同じ名前で活動していたというのもひとりでいた理由。正体をばらさないよう振る舞えば、必然的に他の冒険者とのかかわりは薄くなる。

自分が思っていたよりも、はるかに人とのかかわり合いに飢えていたみたいだ。ゴルフィアのアリスとは時々お喋りをする仲になったけれど、イオレッタの方からもう一歩踏み出していたら、休みを合わせて食事をする関係ぐらいにはなれたかもしれない。

「なんて、今さらよね」

精霊使いではなく精霊師であることに気づかれたくなかったら、今まで通り、ひとりで活動していくしかないのだ。

でも――と不意に思う。

（もう、国境を越えたんだし、いいんじゃない？）

精霊使いとしてだけではなく、精霊師としての力を見せてしまってもいいのではないだろうか。

母国にいた間は、イオレッタの精霊使いとしての能力を知られたら、実家に連れ戻される可能性もなくはなかった。戻るつもりはなかったし、イオレッタひとりならどうにでも逃げられただろうけれど、面倒事は避けられなかった。

でも、今イオレッタがいるのは母国ではない。『ベルライン伯爵家の令嬢イオレッタ』と『精霊師のイオレッタ』が同一人物だと知られたとしても、あの家の人達に打つ手は残されていないはず。

（……そうね。もし、一緒に活動してもいいなと思える人達に出会ったら）

誰かとパーティーを結成するとか、すでに結成されているパーティーに加えてもらうのも悪くはないかもしれない。

その時、仲間にしてほしい人達の顔が頭をよぎったけれど、イオレッタは気づかなかったふりをした。だって、イオレッタは次男じゃない。彼らの『仲間』になることはできないのだ。


ロシードには、比較的すんなり馴染《なじ》むことができた。

イオレッタの生活は、ゴルフィアにいた頃とたいして変わりない。

暮らしているのは、冒険者組合の持つ宿泊所の一室。週に二回、午後は組合の治療所で回復魔術を使う。ロシードはゴルフィアより裕福なのだろうな、と思うのは、冒険者組合に協力している間は、宿泊所の料金が半額になるということ。

イオレッタが協力するのは週に二回、しかも午後からなのに。

（……それにしても）

頼まれていた薬草を探しながらイオレッタは思う。なんだか、このあたり薬草が急に少なくなっているような。

（誰か、無茶な採取をしてるみたいね……）

野生の薬草を採取する時は、完全に採りつくさないようにするのが決まりだ。そうしなければ、あっという間に薬草は採りつくされてしまう。

町の近くで採取するのは、経験の浅い冒険者や、子供達。経験を積んでいて、能力のある者は町から遠く離れたところに行くのもそのため。

――だけど。

イオレッタの見る限り、町の近くにある薬草の群生地はほぼ死滅してしまっている。今日はもう帰った方がよさそうだ。

どうせ、あくせく働く必要はないのだ。今日のところはロシードに戻り、街中をぶらぶらして過ごそう。

イオレッタが冒険者組合に戻ると、そこには深刻な顔をした男性がいた。

薬草の香りが服に染みついているということは、医師か薬師だろうか。

「ああ、イオレッタさん。薬草、採取できました？」

「いいえ。群生地に行ったら、ほぼ採りつくされてしまっていて……別のところも行ってみたんですけど、これ以上荒らすのはよくない気がして。だから、今回はこれだけです」

「なるほどー」

ほとんど空のままの袋をカウンターに置くと、中にいる職員は、額に手を当てた。

彼女は、イオレッタがロシードに来た時、最初に担当してくれた職員で、マーガレットという。彼女の対応が心地よかったので、なんとなく毎回彼女に対応をお願いしていた。

イオレッタがマーガレットに薬草を渡すのを見ていた男性が、するするとこちらに近づいてきた。

「冒険者達に、採りつくすなって指導はしてるんですよね？」

「当たり前ですよ！　栽培できない薬草を採りつくすのはマズイっていうのは、私達もよくわかっていますから。冒険者達にもそう指導しています」

マーガレットが言うには、この男性は、薬師組合の組合長なのだそうだ。

最近、薬草が入手しにくくなってきたという話を聞き、なにがあったのか確認に来ていたところだそうだ。

「冒険者が採りつくしてしまったというんですか？　冒険者組合の指導に問題があると？」

「家庭で使う分を採ったとしても、数は知れている。全滅するはずはない。だとしたら冒険者の仕業としか考えられませんよ」

マーガレットと薬師組合の組合長が言い争いになる。

薬草を煎じて薬なりポーションなりにするのには専門の職人の手によらなければならない。

だが、家庭で健康促進のための薬草茶を作る程度なら、誰にでもできる。

子供達がお小遣い稼ぎに安全な場所で採取するのは誰も文句は言わないし、各家庭でも採りつくさないように指導している――はず。

「おまけに、近頃では盗難まで発生する始末。このままでは、他の町からポーションや、薬草を買わないといけなくなりますよ」

「もう少し遠くまで採取に行ってもらえないか、頼んでみます」

「お願いしますね。こちらも、困っているんです。このままでは、薬の値段を上げないといけなくなってしまう……」

薬師組合の長は、頭を下げてから冒険者組合から出て行った。

「……あの」

残されたイオレッタは、悪いことをしたような気がして、それ以上なにも言えなくなってしまった。

当てにしていた群生地が採りつくされていたからって、戻ってくるべきではなかったのだろうか。もう少し探してみればよかった。

「もう一度、行ってきましょうか……？」

「いえ、まだ枯渇しているというわけではないから。明日、今まで行ってなかったところも探してもらえるかしら」

「明日も採取に出る予定だったので、大丈夫です！」

今の状況が続くとマズイというだけで、今すぐ焦らないといけないわけではないならよかった。

話を聞けば、どうやら薬草の買い占めが起こっているらしい。他の領地から来た商人達が、買えるだけの薬草を買い集めているそうだ。そちらに対応する手も、もう打っているという。

となれば、今すぐイオレッタが動く必要もない。

今日の採取分だけ換金してもらい、不意にできた休日を楽しむことにした。

部屋に戻り、薬草採取に行く動きやすい格好から、それなりにお洒落《しゃれ》な格好に着替える。

ワンピースにブーツ。動きやすさを重視しているのは変わりない。普段は束ねている髪を下ろす。

「うん、悪くないわね」

鏡の前で自分の姿を確認。悪くない――動きやすさ重視は前提で、もう少し可愛いワンピースを買ってもいいかも。

なんて考えながら歩いていたら、ちょうど向こう側からクライヴが歩いてくるのが見えた。

珍しいことに今日はひとりらしい。

「あれ、どうした？」

「クライヴさんこそ。今日はお休みですか？」

Ｂ級冒険者ともなれば、町を離れることも多いが、他のふたりがいないというのは珍しい。

「あー、レオニードが神殿の方に用があるって言うから。レオニードがいないと話にならんし、なら今日は休んでしまおうかってなってな」

「レオニードさん以外、回復魔術が使える人がいませんもんねぇ。ポーションを持っていくのにも限度があるし」

最前線に立ってメイスで魔物をどつきまくっているレオニードだが、神聖魔術に分類される種類の回復魔術もかなりの腕の持ち主だ。彼がいるのといないのとでは、ポーションの使用量が大幅に変わる。

「イオレッタは？」

「採取に行った群生地が、ほぼ採りつくされていたんですよね。これ以上探すのも面倒だったので、帰ってきちゃいました。ノルマはクリアしていたし、たまには休むのも悪くないなって」

アルディに頼めば、あの場所から近くにあるイオレッタの知らない群生地を見つけることは難しくない。けれど、ほぼ採りつくされた群生地を見たら、なんだか「今日はもういいな」という気分になってしまった。薬師組合の組合長が冒険者組合に直談判に来なければならないほど切羽詰まっていると知っていたら、他の手も使って採取してきたのに。アルディの力を借りれば、なんとかできる。

「そりゃそうだ。休みは必要だ――と飯は？」

「これから食べに行きます」

まだ、ロシードに引っ越してきたばかり。周囲にはおいしい店がいろいろあると聞いたけれど、そのあたりの開拓もまだまだ。今日は、急に休みになったから、どこに食べに行こうかまだ決めていない。

「俺も今から食べに行こうと思っていたんだ。一緒にどうだ？」

「いいですか？　やった！」

ちょうど、ひとりで食事をするのは味気ないと思っていたところ。クライヴが付き合ってくれるというのならありがたく受け入れよう。もちろん、割り勘で。

クライブが連れて行ってくれたのは、冒険者組合から通りを二本行ったところにある店だった。

さほど広くないのだが、隅々まで清潔に掃除されていて、それぞれのテーブルに花も一輪ずつ飾られている。普段イオレッタが行く店と比べると、お洒落な雰囲気が強い。

「あら、いらっしゃい！　そちらのお嬢さんは？」

「最近、こっちに来た冒険者だよ。イオレッタっていうんだ」

「よろしくお願いしますー」

店は女性店主が切り盛りしているらしい。動き回っている給仕は、まだ若い人が多かった。若いというより、まだ十二、三歳というところだろうか。

「クライヴさん、今日は早いね！　隣は彼女？」

「や、違うって！」

水のグラスを運んできてくれた給仕の少年は、真正面から切り込んできた。イオレッタはグラスの水を吹き出しそうになってしまう。

彼女って！　いくらなんでもそうは見え——見えた？

自分の服を見下ろしてみる。今日はワンピース。動きやすさは重視だけれど、薬草採取に出かける時よりは気を遣っている。

「なんだ違うんだ」

大人ふたりが今の言葉で妙な雰囲気になったのに比べ、少年はあっさりとそれで満足したみたいだった。

「今日は牛肉とトマトの煮込みにするか、ポル鳥のソテーにするか。あとは、ポル鳥のグラタンも時間はかかるけどできる」

ポル鳥というのは、このあたりに出没する鳥型の魔物だ。比較的簡単に捕らえることができ、駆け出しの冒険者にとっていい収入源らしい。

魔物といいつつ、実害と言えば鳴き声がうるさいぐらいのもの。肉は大変美味で、燻製《くんせい》にするといい酒の肴《さかな》になるそうだ。イオレッタも何度か食べたことがある。

「せっかくだから、グラタンにしようかなぁ……」

いつもは時間に追われて食事をしているけれど、今日はゆったりと食事をすることができる。ポル鳥のグラタン、おいしそうだ。

「あ、時間かかっても大丈夫……ですか……？」

「問題ない。じゃあ、俺は煮込みにする」

今日はひとりではないのだから、相手の都合も先にちゃんと確認しておくべきだった。

（私ってば、こういうところがだめなのよねぇ……）

元婚約者と出かけたことがないとは言わないけれど、食事をする店も、休憩をするカフェも、すべて使用人達の手によって事前に予約されていた。

こうやって街中をぶらぶらすることもなく、出かけると言えば事前に使用人が決めたルートにそって順番に回るだけ。トラヴィスもつまらなそうだった。

慣れていないにしても、クライヴへの気遣いが足りなかったことを反省した。次に生かす機会があればいいけれど。

注文を取った少年は、店主に注文を届けに行く。改めてふたりは話を始めたけれど、自然と会話は薬草不足の件についてになってしまう。

「しかし、薬草の群生地がだめになったというのは問題だな」

「そうなんですよね。回復魔術も万能じゃないし、回復魔術を使える人がいないパーティーにとっては、ポーションは命綱ですもんね」

群生地を採りつくそうとするなんて、薬草採取の基本がわかっていない。わかっていたとしても、気にしていなかったら大問題だ。

「代官に通達を出してもらうか。通達が出れば、冒険者達ももう少し気を遣うだろ」

通達を出してもらうかって、そんな簡単に口にしていいのだろうか。イオレッタの視線だけで、それを感じたらしいクライヴは肩をすくめた。

「俺、この町を本拠地にしているB級冒険者。代官に話をつけるくらいできる」

「なるほど。それもそうですね。それなら、そうしてもらった方がいいかもしれません」

Ｂ級冒険者ともなれば、ワイバーンくらいなら軽く退治することができる。それだけ有力な冒険者の機嫌を損ねないようにするのは、為政者としては当然のこと。

「――と、仕事の話に戻ってしまったな」

「あはは、よく考えたら趣味もないんですよねえ、私。読書くらいかな」

家にいた頃は、刺繍をしたり読書をしたり絵を描いたりしていた。読書はともかく、刺繍や絵画は貴族の嗜《たしな》み。イオレッタにとっては、貴族の娘としての修行の一貫でしかなかった。家を出てまでやりたくない。

「読書が好きなら、図書館があるぞ。持ち出しは禁止だが、中で好きなだけ読むことができる」

「それはいいですね！」

書物はかなりの高級品だ。

字が読めない者も多いというのに、街中に図書館があるというのは、ロシードが所属する領地が裕福であることと、領主が領民の教育に興味を持っていること、実際教育水準が高いことを暗示している。

「実用的な本ばかりじゃなくて、娯楽作品もあると聞いている。見に行ってみたらどうだ？」

「そうですね。雨の日は図書館に行ってみようかな」

図書館の中でしか読めないというのは少々面倒だが、読んでみて手元に欲しいと思ったら買ってしまうのも悪くない。

でも、あまりにも多数の本をそろえてしまうと、今度は保管場所の問題が出てくる。組合の宿泊所に多数の本を持ち込むわけにもいかないだろう。そもそも、本はものすごくお高い。

「やっぱり、どこか部屋を借りるべきかしら」

一軒家を借りるのならばともかく、集合住宅の一室ぐらいなら借りる程度の予算はある。今は外食メインだが、自炊にしたら食費の節約もできるだろうし。

「本気なら、探すの手伝ってやろうか？」

「ありがとうございます、でも大丈夫」

目の前にいるクライヴが微笑みかけてくる。なんだかドキドキしてしまうから、心臓に悪い。あまり彼に頼りすぎるのも、きっとよくないだろう。もしかしたら、あまり長い間ここにいるべきではないのかもしれないなんて思う。

運ばれてきたグラタンは、ホワイトソースが絶品。上にかけられていたチーズも良質の品だった。

「こっちに来てから、ポル鳥食べる機会ってなかったんですよねぇ」

噛みしめれば、口の中に広がってくる肉の旨味《うまみ》。野生の魔物だからか、肉質はやや硬め。けれど、そこがいい。

「煮込みもうまいぞ。ここ、夜は混むから来るなら昼がお勧めだ」

クライヴが壁の方を指さす。そこに並んでいるのは、夜のメニュー。

ステーキや魚の香草焼き等、酒の肴によさそうなメニューが並んでいる。どの皿にもフライドポテトが添えられるらしい。夜来たら、ポル鳥のフライも食べられるようだ。

「安くてうまい酒を出すから、どうしたって冒険者が集まってきて店そのものの雰囲気が荒っぽくなる。夜のメニューが気になるなら、誰かと一緒の方がいい。俺も付き合うし」

付き合うしって今、あまりクライヴに頼りすぎるのはよくないのではないかと思ったばかりなのに。

「ありがとうございます」

そう言ってもらえるのが嬉しくて。でも、どうしてそう思うのかイオレッタにもよくわからなくて、赤くなった頬をごまかすようにうつむいた。

＊＊＊

イオレッタと別れたクライヴは、そのまま代官の屋敷へと足を向けた。

（もう少しロシードを案内してやろうと思ったんだけどな）

まだ街中は詳しくないというイオレッタを案内してやろうと思ったが、落ち着きなく見えたので、別れて帰ってきた。

イオレッタを困らせるのは、本意ではない。それに、わざわざついて回らなくても、彼女には超有能な護衛がついている。

（イオレッタの身の安全を守るのに、あいつら以上の適任者はいないだろ）

あれだけ精霊に囲まれているのだ。うかつにイオレッタに手を出せば、手を出した方が返り討ちになるのは間違いない。

ロシードではただの冒険者。王子としては扱わないよう周囲にも言い含めてあるが、町そのものが厳重に警備されているので、ゴルフィアのような事件はそうそう起こらないはずだ。

代官の屋敷に到着すると、すぐに中に案内された。

「クライヴ様、なにか問題でも？　例の女性冒険者ですか？」

「いや、別口だ。薬草の群生地が死滅しかけているという話は聞いたか？」

「聞いております。採りつくさないように、改めて通達の準備をしているところでした」

ロシードの代官を信頼しているが、命じる前に手を打つ準備をしていたというのはさすがである。

「それは任せた——と、薬草の値段が上がりつつあるというのは？」

「それも事実です。それゆえに、群生地を死滅させてまで、薬草を採ろうという不届き者が増えるのでしょう」

代官は渋い顔である。クライヴも同じように渋い顔になった。薬草の中には、栽培が不可能なものも多くある。採りつくされてしまっては困るのだ。

「薬草が値上がりしている理由は？」

「他の領地から来た商人が買い占めているようです。調べたところ、非合法の薬を作るのに必要なようで」

数種類の薬草を組み合わせることで依存性のある薬を作り出すことができるというのはクライヴも把握している。他の領地では、すでに多数の被害が出ていることも。

「犯罪組織と繋がりがあるということか。そちらについては、俺に任せてもらおう」

「かしこまりました」

「こういう時こそ、冒険者の出番だからな――それはそうと、通達だけじゃ足りないな。群生地を手入れするよう、土の精霊と契約している精霊使いを探そう」

精霊の力を借りれば、群生地を復活させることもできるだろう。再び薬草を採取できるようになるのは、少なく見積もって半年先にはなるだろうが。

「そうですね。冒険者組合に依頼を出しておきます。我が家の配下にもひとりおりますので、その者も動かしましょう」

土の精霊の力を借りれば、群生地を早く復旧させることができる。と同時に、荒らしている者を見つけなければ。クライヴはそう決意すると、代官の屋敷をあとにした。

(イオレッタにも頼めればいいんだが……事情はあるんだろうが――いつまで、ロシードにいてくれるだろうか)

イオレッタ本人が気づいているかどうかわからないが、立ち居振る舞いの端々に育ちのよさが出ている。

となると、没落した貴族の娘とかそんなところだろう。過去のことは問わない、というのは冒険者として暗黙の了解。クライヴもそこに踏み入るつもりは毛頭ない。

貴族らしさは残しつつも、冒険者としての生活も長いらしく、野営でもまったく戸惑う様子は見せていなかった。てきぱきとテントを張り、食事の用意も自ら手を動かしていた。

『野営って嫌いなんですよね。硬いところで寝ないといけないし』

と、顔をしかめてはいた。それが採取専門の冒険者として働いているという理由のひとつでもあったらしい。

けれど、好きか嫌いかと慣れているかいないかは別問題。彼女は立派に冒険者としての経験は積んできている。

このまま、この町にとどまってほしいと願うのは、間違いなくクライヴのわがままだ。クライヴ自身、いつまでもここにいるわけにはいかないのだから。

＊　＊　＊

クライヴと偶然出会ってから一週間後のこと。この一週間、遠出し、時には森の中に宿泊し、薬草採取を頑張った。

さて、今日の依頼を確認しようかと冒険者組合に入ったら、そこは大騒ぎになっていた。

カウンターに詰めかけているのはどうやら薬師達らしい。冒険者組合の中に薬草の香りが漂っている。

「なにがあったんですか？」

「ああ、イオレッタさん。薬師組合に泥棒が入ったみたいなんですよ！」

カウンターの中からマーガレットが叫んでくる。

「でも、代官が手を打ったって聞いてますけど。私も、奥の方まで採りに行って、納品量増やしましたよね？」

「ええと、ちょっと待ってください！」

と、マーガレットはカウンターに詰めかけている薬師達に向かって叫ぶ。

「他の町から運搬してもらわないとそろそろまずいんだ。護衛の冒険者を頼む」

「薬師組合の在庫も尽きているし、採取者が持っていた分も誰かが買い占めてしまったんだ！」

けれど、そのマーガレットに向かって薬師達が詰めかける。こんな騒ぎになっているのを見るのは初めてだ。

このあたりで薬草が採取できなくなったら、当然街中で暮らしている人達に影響が出てくる。薬師達はそれを懸念して焦っているようだ。

「すみません、ちょっと先にいいですか。足りない薬草を教えてください。新しい群生地を探してきます」

「そんな簡単に見つかるなら苦労はしないよ！」

イオレッタの言葉に薬師が叫ぶ。それはそうだけれども、彼らの言い分も理解はできるけれども。

「私、土の精霊と契約しているので、群生地見つけるの得意なんですよ！　それなりに戦えるので、多少離れたところに行っても問題ないですし！　森で宿泊しての採取もできるから、奥まで行けます！」

イオレッタの言葉に、カウンターのマーガレットに詰めかけていた薬師達が一斉にこちらに向かってきた。

「なら、頼む。ゴリンゴの実が欲しい」

「ラタニィア花の種！」

「ポイズンリリーの葉が欲しい」

「あー、ちょっと待ってちょっと待って！　順番、メモください！」

一度に言われても、イオレッタの手には余ってしまう。薬師達を整列させ、優先順位をつけるのはマーガレットが手を貸してくれた。

できるだけ多くの薬草を見つけてくると言い残し、森に入る。最初は、ポイズンリリーの葉だ。真っ赤な百合に似た花をつける毒草なのだけれど、解毒薬を作るのに必須の植物だ。

アルディに頼んで、ポイズンリリーの群生地を探してもらう。途中、荒れ果てた群生地を通りがかった。

（……とりあえず、群生地は再生させておいた方がいいかな）

土の精霊であるアルディなら、土の中の魔力を結集させて一気に薬草を育てることもできる。

薬草不足が解消するまでは、イオレッタがこうやってこっそり群生地を回復させてもかまわない。

「――よし！　アルディ、お願いできる？」

『まかせて！　イオレッタの魔力も使えば、一気に成長させられるよ』

「遠慮なく持って行ってちょうだい！」

イオレッタの要請に応じて、アルディは遠慮なく魔力を引き出していく。さすがに少しくらっときた。

「どうしてこんなことをするのかしらね」

『僕わからないよー』

「そうね、アルディにはわからないわよね」

時に人間はどこまでも愚かになれるものではあるけれど。自分達の命を守ってくれる薬草の群生地を破壊するなんてどうかしている。

「これでよし、と。じゃあ、もう少し奥の方に行ってみましょうね」

イオレッタとアルディの力で元の勢いを取り戻した群生地をあとに、イオレッタは森の奥に進んでいく。たしかに群生地は元に戻ったが、新しいところを捜した方がいい。誰にも知られていない場所を。

「アルディ、お願い」

『あるよー、南に十分くらい行った場所』

「ありがとう！」

ポイズンリリーの群生地発見。アルディがいてくれてよかったと思うのはこういう時だ。アルディについていったら、目の前にあったのは小さな群生地だった。

イオレッタが新たに発見したというよりも、先に気づいた人も小さな群生地なので採らない方がいいと判断したのかもしれない。

「この群生地、もうちょっと育てたいなあ」

『やる？　やっちゃう？』

アルディがそわそわしている。やりすぎると生態系の破壊につながりかねないので、普段は自重しているのだが、今回は例外でいいだろう。

「やっちゃおうか！」

やった、と声をあげてアルディが土の中に潜っていき、イオレッタの魔力がぐんぐん引き出されていく。そしてイオレッタが目を開いた時には、目の前の群生地は姿を変えていた。

今までの五倍以上の広さに薬草が広がっている。これだけ生えていれば、必要なだけ持って行っても問題はなさそうだ。

「ええと、次はゴリンゴね？」

『ここから東の方に二十分くらい』

水生植物が多く見られるあたりだろうか。それなら、グルニアタケというキノコも見つけられるかも。それが終わったら、ラタニィア花だ。

こうして、アルディに案内してもらって群生地を教えてもらう――必要に応じて薬草を育てる――新たな群生地に向かう――という工程を繰り返し、イオレッタがロシードに戻ったのは、日が暮れてからになってしまった。

「よかったら、この薬草使ってください！」

イオレッタが、薬草でパンパンの袋を差し出すと、どっと歓声があがった。

「ええとですね。いくつか新しい群生地を発見したのと――採りつくされていたと思っていた群生地が復活したのも見つけたので。情報は共有しますね」

ちゃんと地図に印をつけておいた。イオレッタはできる冒険者なのだ。

普段は依頼が張り出される掲示板に大きな地図が張り出される。イオレッタはそこにどんどん印をつけていった。

「ねえ、この情報公開しちゃっていいの？」

マーガレットがひそひそとささやく。

「別にかまわないわよ。私が全部回れるわけじゃないし」

イオレッタひとりで採取する量にも限界がある。だったら、採取できる人が採りすぎない程度に採取すればいい。

「そうじゃなくて、採取できる場所の情報って、採取系の冒険者にとって命綱でしょう？」

「今回は緊急事態だから、そんなことは言っていられないもの」

別にイオレッタが志の高い冒険者というわけではない。けれど、薬草がなくて困るのは弱い人達。彼らを守るためなら、このくらいのことなんてことはない。

自分が、領主一家に生まれた者としての考え方をしていることを、この時のイオレッタは気づいていなかった。

第四章　引っ越し先は幽霊付きワケアリ物件で

（……ちょっと早まったかも）

とイオレッタが後悔したのは、地図を掲示板に張り出してから三日後のことだった。どこの群生地にも、冒険者がいる。

新しい群生地まで行くのも面倒だし、採取の手は足りているからまあいいかと諦めたが、魔物退治に行くのは遠慮したい。というわけで、ものすごく暇になってしまった。

あの時、馬鹿正直にイオレッタは持っている情報を全部出してしまったけれど、たしかに一部は秘密にしておいてもよかった。

今度は採りすぎないよう冒険者達は互いに監視しているみたいだから、それならそれでいいか、と思っている。それなら当面だらだらすると決めた。

「だから言ったのに――」

皆出払っているのをいいことに、冒険者組合でうだうだとしていたら、カウンターの中にいたマーガレットが苦笑いで声をかけてきた。

「いつまでも、この状況が続くわけでもないし、しばらく休むわ。あ、そうだ。どうせなら、家でも探そうかな」

「家？」

「うん。いつまでも組合の宿泊施設を借りているっていうのもね」

組合の宿泊施設には利用期限があるわけではないが、そろそろ出た方がいいのではないかという気もし始めている。この町は居心地がいいから、長期間滞在しようと思ったのだ。

「それに、料理とかお菓子作りとかもしてみたいし」

図書館に行ってみたら、レシピ本もいっぱいあった。それらの中には、今まで野外でのスープ作り以外ほとんど料理したことのないイオレッタでも作れそうな品が多数掲載されていた。

調理設備の整っている部屋を借りれば、料理やお菓子作りに挑戦することもできる。それならそれで、新しい趣味を開拓したと言ってもいいのではないだろうか。

「そうねぇ……うちでもいくつか賃貸物件はあるんだけど」

「冒険者組合で？」

「ええ。たとえば、ロシードを拠点としていた冒険者が亡くなった時、彼らの持ち家を組合の方で買い取ることもあるのね」

永住を決めた冒険者の場合、家を買ってそこで暮らすこともあるそうだ。持ち家のある冒険者が死亡した時は、遺族の希望があれば組合の方で買い取り、代金は遺族に渡されることになるのだそうだ。

遺族が買い取りを望まなかった場合も、適切な不動産屋を紹介し、賃貸に出せるように面倒を見ることもあるという。

「あとは、亡くなった冒険者の遺言で、組合に家が寄贈されることもあるし」

冒険者の中には身内がいない人というのもかなり大勢いるそうだ。それらの冒険者達は、後進のために自分の財産を寄付することもある。そういう物件は組合の方で管理し、希望者に貸したり売ったりするのだとか。

「見てみる？」

「いいの？」

「集合住宅も一棟持っているから。ちょうどそこ、空きがあったと思うの。待ってて」

と、マーガレットはいったんカウンターの奥に消えた。きっと、奥から書類を持ってくるのだろう。

（ちょっと勉強不足だったわね）

ロシードの組合が集合住宅まで持っているとは思ってもいなかった。それがわかっていたら、もうちょっと早く家を借りられるように動き始めたのに。

「ええと、これ、この建物。組合から歩いて数分ってところかしら」

「いいわね、それ。治療所で待機する日も楽だし」

週に二回しか組合の治療所での手伝いはしていないが、どうせなら近い方がいい。思ってもいなかった好条件の物件をすぐに見つけることができそうで頬が緩んだ。

「でしょう？　あ、でもここはだめだわ。調理設備がないんだった。ごめんなさい、調理設備のある部屋は埋まってるんだったわ」

「それはひどいわ！」

ちょっと、いやうんと期待したのにひどい。半分冗談でむくれてみせる。

「うーん、ごめんなさい。今のは私の失敗ね」

「自分で不動産屋回って探してみた方がいいかなあ？」

「一軒家ならあるんだけど」

「は？」

部屋を借りるかどうかという話なのに、なぜ、一軒家が出てくるのだ。

たしかに一軒家なら、庭で家庭菜園を楽しむとか、花の栽培を楽しむとかできるだろうけれど。アルディと契約しているから、豊作間違いなしだ。

「一軒家は無理だわ。予算的に」

「格安よ、格安。先ほど勧めようと思っていた部屋と大差ないもの。ただねぇ――出るのよねぇ……」

「出る？」

首を傾げたら、マーガレットは「ゆ・う・れ・い」と口の形だけで伝えてきた。

「別に珍しい話でもないでしょうに。祓《はら》っちゃえばいいのでは？」

この世界には、人や精霊が悪しき者に落ちたゴースト型の魔物というものも存在する。

ゴースト型の魔物が厄介なのは、普通の武器では退治できないこと。神官を呼び、祈りを捧げて浄化するしかないのだ。

「何組も神官を含むパーティーが行ってみたのよ。でも祓えなくて」

「そこを私に勧めるのはどうかと思うわ」

呪われてしまえということか。いくらなんでも、それはひどい。

「いえ、そうじゃないのよ。ただ、神官が言うには悪意がないから、強引に祓わないほうがいいみたいで」

このあたり、イオレッタは詳しくないのだが、神官が祓うことのできるゴーストというのは、悪に落ちたものだけらしいのだ。

「悪意はないの？」

「ないみたい。うるさいだけ」

うるさいって、どの程度のものなのだろう。

マーガレットが言うには、その家に住んでいたのは若い女性と、その恋人だったそうだ。女性は若くして亡くなったのだが、その時には恋人の姿はなかった。

女性の死因については、病死だろうということになっているけれど、男性が殺したのではないかという噂も根強く残っている。

その噂に信ぴょう性を与えているのが、その幽霊の存在だ。

もともと冒険者が暮らしていたわけではないのだけれど、祓うことのできない幽霊のいる家なんて買い手がつくはずもなく、借り手もつかない。それで組合が安く引き取ったのだそうだ。

「害はないの？　うるさいだけ？」

「今のところ、がたがた音を立ててるだけみたいね。もしかしたら、精霊なんじゃないかという話もあって。でも、ほら、精霊使いもそう多くはないでしょう。まだ、確認できていないのよね」

それで、イオレッタに話をしてみたというわけか。幽霊ではなく精霊が住み着いているというのなら、イオレッタとはうまく意思疎通できる可能性はある。

「値段はこのままでいいの？　その家に住み着いているのが精霊で、私と仲良くなって静かになったら、お値段三倍に跳ね上がったりしない？」

「しないわ！」

きっぱりはっきりマーガレットは断言した。この建物はもう組合の持ち物。

幽霊がいなくなったからといって値段を跳ね上げるようなことになれば、組合の信用問題にもかかわってくるそうだ。

「じゃあ、ちょっと様子を見てみようかな……鍵、借りられる？」

「ええ。もちろん。借り手がついてくれるとこちらも助かるもの」

マーガレットから鍵を借りたイオレッタは改めて書類を確認する。かなりいい場所にある家だ。

組合からは徒歩十分程度。遠いと言えば遠いが、許容範囲。

なにより、家と町の外に出る門の間に組合があるので、採取に出るのならば絶対組合の前は通るのだ。

近くにいくつかおいしい店があるのもいい。家に帰る途中、以前クライヴに教わった店もある。自炊するのが面倒だったら、外食する場所にも困らない。休みの日には、周囲の店を回るのも楽しいだろうし、悪くない選択だ——もし、借りられるのだとすれば。

鍵を借りて組合を出ようとした時、『ニバーン』の面々が入ってきた。全員完全武装なところを見ると、依頼を片付けて帰ってきたところなのだろうか。

「こんな時間に組合にいるのは珍しいな。採取には出なかったのか？」

「今日は休みなんですよー。家を借りようと思って」

うきうきとマーガレットから借りた家の鍵を彼らの前で振って見せる。

まだ借りると決めたわけではないけれど、精霊に近い存在なら、問題はない。幽霊だったとしても問題はない。精霊達の力を借りればどうにかなる。

「ああ、あの家か。俺も行ったことがあるよ。祓えなかったけど」

「レオニードさんも祓えなかったんですか？」

「うん。うかつに祓ってしまうと、逆に問題を起こしそうだったからさ。イオレッタちゃんが家に行くのなら、お付き合いしてもいいかな？」

「それはもちろんかまいませんけど……ついてきてくれる人がいれば、私も安心だし」

「なら、俺も付き合う」

ぴっとクライヴが手を上げた。その横で無言のままタデウスも手を上げている。

レオニード以外に付き添ってもらう必要性は感じなかったけれど、三人そろってきてくれるのなら心強い。彼らはイオレッタの秘密も知っているし。

「じゃあ、組合長に調査の報告をしてくるから、ちょっと待っててくれ」

クライヴに言われて、イオレッタはうなずいた。

彼らは組合長から直々になんらかの依頼を受けて動いているみたいだ。さすがB級冒険者というところだろうか。

ホールに並んでいる椅子のうちひとつを選んで座る。手の中で鍵を弄んだ。

(平和に過ごせるのが一番よね。うん、ここで暮らすのも悪くない……家を借りることにして正解だったのよ)

家族とは縁を切った。国境も越えたから、イオレッタを連れ戻しに来る可能性は低い。

いや、あの家を追い出されたのだから、彼らもイオレッタのことは死亡扱いにしているだろう。

生家にいた頃は、常に息をひそめるようにして生きてきた。父親の機嫌を損ねないように。婚約者の機嫌を損ねないように。

けれど、外に出て自由の味を知ってしまった。冒険の楽しさを知ってしまった。

きっちり魔物討伐や遺跡探索を行っている冒険者達からしたら笑ってしまうような冒険だろうけれど、自分の力で生計を立てる。イオレッタにはそれだけでも大冒険なのだ。

「悪い、待たせたな」

あっという間に組合長への報告を済ませたクライヴ達が戻ってくる。なんだか、彼らが自由の象徴のような気がして、胸がきゅっとなった。

組合をあとにし、四人で連れ立って歩く。

依頼でもないのに、こうやって彼らと歩いているのは不思議な気分だ。十分は遠いと思っていたけれど、お喋りしながらだとあっという間だった。

目指す目的地は、大通りからは少し離れていて、周囲は閑静な住宅街だった。

レンガ造りの建物は趣があるが、誰も手入れしていないのか、庭は草ぼうぼうである。

「思っていたより素敵な家ですね！　大掃除しないといけませんけれど」

「悪くはないよねー。最初、うちの本拠地にしようかなって思ったんだけど」

と、レオニード。

「幽霊がいる家なんて嫌に決まってるだろ？　幽霊は怖くないがうるさいのは嫌だ」

と、クライヴ。

「町を離れることも多いので、管理人のいる家を借りた方がいいっていう結論に達したんですよね。私達のところは表で食事もできるし」

と、タデウス。

『ニバーン』の面々は、飲食店を経営している男性が持っている家を借りているのだそうだ。食事が必要な時は、彼の店に行けば三食出してもらえるらしい。店で食べても、裏の家に持ち帰っても自由。

彼らは遠出をすることも多いし、帰ってきて料理をするのも面倒だ、というわけでそこに決めたそうだ。料金は別だが、頼めば掃除などもしてもらえるという。彼らの生活なら、その方が都合がよさそうだ。

(草がぼうぼうなのは、幽霊屋敷っぽいわね……)

そう思いながら、屋敷の中に足を踏み入れる。

「お邪魔しまーす……わわわ、埃《ほこり》がすごい！」

床には埃が積もり、この家を訪れた冒険者のものなのか、ところどころ足跡が残っている。

イオレッタが一歩踏み出した時、ガタガタガタッと音がした。家全体が揺れているようで、天井から埃が落ちてくる。

「うるさーい！」

イオレッタが叫ぶと、ぴたりと音は止まった。だが、それも一瞬のこと。すぐにガタガタガタッと家全体が揺れ始める。

「これで悪意がないの？」

「ないね。騒いでいるだけだし」

レオニードに問いかければ、あっさりと返される。たしかに、怖いという雰囲気はしない——でも、うるさいものはうるさい。

「おーだーまーりー！」

イオレッタが叫ぶと、ぴしゃりと音がとまった。イオレッタは両手を腰に当てて胸をそらせた。

「どこの誰かわからないけれど、がたがた騒ぐくらいなら出てらっしゃい！　そうじゃなかったら——祓っちゃうからね！　この人が！」

「俺？」

イオレッタに指名され、レオニードは目を瞬かせる。笑うかのように再び家が揺れ始めた。

「おだまりって言ってるでしょ！　出てきなさいっ！　この家ごと燃やして、新しい家を建てるって手もあるんだからね！」

共存できそうなら、一緒に暮らそうと思っていたけれど、こうがたがたうるさいのでは寝ることもできない。幽霊相手に脅しをかけたら、慌てた様子が伝わってきた。幽霊も焦るものらしい。

「あと三十秒で出てこなかったら、こっちにも考えがあるわよ？　フェオン、アルディ、ヴァネッサ、いい？」

精霊も幽霊も、魂だけの存在だ。精霊ならきっと幽霊にも対抗できるはず。ソムは毒の精霊なので今回はお休みだ。

「待って……待って、燃やさないで……！」

イオレッタの脅しに負けたのか、ふわりと若い女性が姿を見せた。たぶん、二十代前半。イオレッタよりは年上だ。

けれど、その姿は今にも薄れて消えてしまいそう。背後に壁が透けて見える。ふわふわと空中を漂いながら、彼女は両手を合わせてこちらを拝んだ。

「なんだ、出てこられるんじゃない」

「幽霊相手に出てこいって言うやつもそうそういないと思うぞ」

両手を腰に当てたままのイオレッタに、クライヴが突っ込んだ。出てこいと言ったら出てきてくれたのだから、それでいいではないか。

「なんで、騒ぐの？」

「だって、この家に人が来るってめったにないんだもの。なんとかして、私の存在を察知してもらおうと思って……」

幽霊屋敷に好き好んでくる人はそうそういないと思う。幽霊を祓って名を上げようとする神官か、それこそイオレッタみたいな物好きぐらい。

「どうする？　天に還りたいのなら、この人が手を貸してくれるけれど。祓うのは無理でも、お互いの意思があれば送ることはできるのでしょう？」

「できるよ。彼女に天に還る気があって、普通の葬儀と同じ手順でよければ、だけど」

レオニードは神官なので、葬儀を取り仕切ることもできるのだ。

「やだー、やだやだやだー、まだ天に還りたくないー」

これで片付いたと思っていたら、今度は天井をごろごろと転がり始めた。幽霊なのだから、さっさと次の世界に行けばいいのに。

「だいたいなんだってあなたここに残っているの？　恋人もいたんじゃなかったの？」

「あー……」

イオレッタと目線が合うところまで降りてきた幽霊は上目遣いになった。

というか、先ほどはうっすらとしていて今にも消えそうだったのに、少し姿が濃くなっているような。

「私、あいつに殺されたのよねー」

殺された。そんな噂もあるのは聞いている。

「じゃあ未練があるって、あなたを殺した男を殺したいってこと？　復讐ご希望なの？」

「うーん、死んだばかりの頃はそう思ってたんだけど、よく考えたらどうでもいいかなって。だって、恋人と上手に別れられなくて殺すような馬鹿な男よ？　それに、もうあいつも死んでるし」

「もう殺してたっ」

「違う違う。別の町で借金返せなくなって、簀巻《すま》きにされて川にポイ」

なんでも幽霊ネットワークでそのあたりのことは伝わってくるのだそうだ。

幽霊ネットワークってどこまで張り巡らされているのだろう。

「これでも私、生きてる頃は尽くすタイプだったんだから！」

胸を張るけれど、生前尽くすタイプだったとして、今、胸を張られてもどうしようもないような。

「あいつに尽くす方が忙しくて、楽しいことなにもしないままだったのよねー。気がつけば、この家には誰も来なくなってるし」

「それはあなたが悪いと思う」

恨みはとりあえず放置したあと、目の前の幽霊が気になっているのは生きている人達の営みだった。新たな住民が来る度に嬉しくて言葉をかけていたけれど、どんどん逃げて行ったらしい。そりゃそうだ。

「最近ではこの家に来る人もいなくなったから、壁を揺らすぐらいしか楽しいことがなくて」

「それもどうかと思うわ！」

人と関わり合いたいだけだったというのなら無理に祓う必要もない。悪意がないのなら、祓えなかったのもしかたない。

それなら、別の方法で彼女とうまくやるしかない。

「あなた、名前は？」

「名前？」

「ええ。シェアハウスするのに、あなたの名前がわからないと不便でしょ」

イオレッタは幽霊の存在なんて気にしない。安く借りられるというのならそれでいい。共存できるのなら、レオニードの手を借りて強引に祓う必要もないわけだ。

「シェアハウスって本気か！」

「だって、女性のひとり暮らしって不用心だと思うんですよ」

再びクライヴが突っ込んでくるが、イオレッタは大真面目である。女性のひとり暮らしはただでさえ不用心なのに、このレベルの家ならば、住民はそれなりの財を持っているのは前提となる。となれば、空き巣に入られるとか、強盗が押し入ってくるなんてことも想定には入れないといけないわけで。

「だからってな、幽霊を浄化しないのは危険だろ？」

「そうでもないよ？　悪意を持っていない幽霊の場合、精霊化することもあるし。家についている精霊とか、そのパターンのことも多いって聞いてる」

と、レオニード。

精霊と人は身近な存在だ。

人と精霊の魂は同じものと主張している学者もいるほどだ。生まれる時に肉体を持つことを選択するかしないかで人となるか精霊となるかが決まるのだ、と。

「つまり、彼女は精霊になりかけている？」

それなら危険はないのかもしれないとクライヴは首を傾げたが納得いかない表情だ。

「わかんないけどねー。やっぱ無理って思ったらぱぱっと祓うのもありかと」

「祓うの前提で話をしないでぇぇ！　ええと、私の名前はゼルマ、ゼルマよ。生きていた頃はそう呼ばれていたわ」

祓われてはたまったものではないと思ったのだろう。幽霊――ゼルマ――は慌てて名乗る。

「この家は、私が買ったの。小金持っていたのよねー、生前はねー」

そのお金も、彼女を殺した恋人が持って行ってしまったそうだ。というか、殺された過去があるわりにずいぶんあっさりとしている。

「恨むより、未来を見た方が楽しいものね」

と、ゼルマ。思いきりがよすぎである。幽霊に未来があるかどうかはともかくとして。

「じゃあ、シェアハウスするってことでどうかしら？」

「よろしく――ええと」

「私、イオレッタ。精霊使いよ、よろしくね」

ゼルマの方に手を差し出すと、彼女も手を差し出してくる。彼女との同居生活はきっと楽しいだろう。

＊　＊　＊

「――おかしいだろあいつっ！」

イオレッタと別れたクライヴは思わず吠えた。

幽霊と同居でけろりとしている彼女はどうなのだ。肝が据わっているとかそういうレベルで片付けてはいけない。

だいたい祓わず同居する理由が「女性のひとり暮らしは不用心だから」という理由はどうなのだ。それでいいのか。相手は幽霊だ。

「でも、間違ってはないよ？　ゼルマちゃんの魂は救われたっていう意味じゃ間違ってないからね。なんで、この世にとどまりたがっているのかはわからないけど」

「イオレッタさん、面倒見がいいですよね」

タデウスの言葉には、クライヴも同意である。

生きている人間だけではなく、魂だけの存在にまでイオレッタは優しい。

「ゼルマちゃんは強力な精霊になるんじゃないかな。イオレッタちゃんが、あの家を訪問したのは女神の采配と言っていいかも。やー、いいもの見られたなあ」

実際に采配したのは女神ではなくマーガレットだが。そしてゼルマを『ちゃん』付けで呼ぶか。

――けれど。

出会ってからのイオレッタの様子を思い返してみれば、面倒見がいいなんてものではない。

左肩にそっと手を置いてみる。あの時、矢はここを貫いた。イオレッタがいなかったら、きっと今頃こうしてここに立っていることはできなかった。

複数の精霊と契約しているなんて、他の人に知られたら彼女の身に危険が及ぶ可能性だってあるのに、イオレッタは迷わずヴァネッサの存在を明らかにしてくれた。

「薬草不足の件も、そろそろ決着がつきそうだしな」

このところの薬草の高騰は、隣の領地からやってきた裏の世界と繋がっている悪徳商人がきっかけだったというのはもう調べがついている。

薬草として使われる植物から、麻薬を作り出しているらしい。隣の領地では被害者多数。だが、麻薬を作るために薬草を採りつくしてしまい、こちらまで進出してきたようだ。

あとは取引の現場をうまく押さえ、その場で確保すれば仕事は終了だ。その取引も、明日の夜というところまでわかっている。ようやく落ち着きそうだ。

イオレッタや他の精霊使い達も協力してくれるから、いずれ群生地も復活するだろう。

「今夜のところはゆっくりと休んで、明日に備えるか」

クライヴの言葉に、友人ふたりはそろってうなずく。次にイオレッタに会った時、あの家がどうなったのか聞くことにしよう。


悪徳商人の取引はあっさりつぶすことができた。取引の場に居合わせた関係者は全員捕縛。

一週間後に聴取の結果をたずねるために冒険者組合まで出かけたら、受付のマーガレットがなにやら苗のようなものを差し出してきた。

「イオレッタのところに、これ届けてもらえない？」

「街中のお使いなら、駆け出しに頼んだ方がいいんじゃないか？」

冒険者組合に登録している冒険者の仕事に、街中の雑用というものも含まれている。たとえば、ペット探しや大掃除の手伝いなどもそうだ。

お届け物はその中でも楽な仕事とされていて、登録したばかり、成人前後の冒険者たちの貴重な収入源だ。それをクライヴが受けてしまうのは大問題だ。

「だめかー。イオレッタの様子を見てきてほしかったんだけどな。これ、私の個人的なプレゼントだから、終わったら自分で行くわ。引っ越し祝いのつもりだったんだけど」

仕事が終わってからだと遅くなるのよね、とぶつぶつ言いつつ、マーガレットは苗をカウンターの下にしまい込もうとした。

「なにかイオレッタにあったのか？」

「ううん。ただ、引っ越ししてから一度も顔を見せてくれなくてね。家を片付けるのに忙しいんだろうけど」

宵越しの金は持たない冒険者も多い中、イオレッタはきっちり貯金もしているようだ。以前本人がそう語っていた。

採取専門だから無駄な出費は避けたい——と言いつつ、それなりに外食をしたり、可愛らしい品を身に着けたりしているから、メリハリはつけるタイプなのだろう。組合の治療所での仕事もあるから、他の冒険者と比べると生活は安定している。

「しばらく休んでも、問題はないんじゃないか」

「気になりません？」

と、カウンターの向こうでマーガレットはにやり。

気まずくなったクライヴは、咳《せき》払いでごまかそうとする。

イオレッタのことが気になっていないと言えば嘘になる。冒険者仲間としてではなく、ひとりの女性として気になっている。

今まで身の回りにいなかったタイプでもある。

けれど、彼女にも事情がある以上、クライヴの方からうかつに踏み込むつもりはなかった。

クライヴの方にも、踏み込まれたくない事情というものは存在する。

たぶん、マーガレットはそのあたりのことに目ざとく気づいているのだろう。人の心の機微に敏感でなければ、彼女の仕事は務まらない。それでも、ふたりの背中を押したいという願望がちらちらとしている。

「そりゃ、な」

「お願いしていい？　新人冒険者達は全員依頼を片付けに出て行ったしね」

組合からイオレッタの家に行く程度ならば、仕事として依頼を出すほどのことでもないのもまた事実。

新人全員に仕事がいきわたったあととなれば、個人的な頼みとして受け入れてもいい。

クライヴは苗を受け取ると、慣れた足取りで歩き始めた。この地に来て、五年。時々外に出ることはあるけれど、ここを本拠地にして正解だった。

「……ん？」

先日訪れたばかりの家の前で首を傾げる。前に訪れたのはこの家で正解だろうか。

いや両隣の家は前回とまったく変わらない。ここで間違ってはいない。

あの時はぼうぼうだった庭の草は綺麗に引き抜かれていた。家庭菜園なのか花壇なのか、庭の土は掘り返され、畝《うね》ができている。

「イオレッタ、いるか？」

「いらっしゃーい！」

「うおう！」

思わず野太い声が出てしまったがしかたないだろう。出迎えたのはイオレッタではなくゼルマ。しかも、閉じたままの扉から上半身が突き出している。

「なんでお前が」

「だって、イオレッタが共同生活するんだから手伝えって言うんだもの」

手伝えって……幽霊をこき使っているのだろうか。

クライヴの疑問はしっかり顔に出ていたらしい。扉をすり抜けて出てきたゼルマは、空中をふよふよと漂いながら、器用に肩をすくめる。

「難しい話じゃないのよ？　無償奉仕を強いられているわけでもないし。イオレッタが言うには、一緒に暮らすのなら家族みたいなものなんだから、お互いお手伝いはしましょうねってこと。私は手伝ってもらうことなんてほとんどないんだけど」

げらげらと笑いながら、ゼルマは扉をすり抜けて中に消える。

「あ、扉は自分で開けて入ってきてねー」

ずいぶんと陽気な幽霊だ。

いや、その片鱗《へんりん》は以前からあった。自分を殺した相手についても、あんなにもけろりとしていたではないか。

「楽しそうだな」

思わずぽつりと漏れた。悪い意味ではなく、いい意味で。

どこからどう見ても立派な幽霊屋敷だったこの家も、今は活気を取り戻している。

入った時は埃まみれだった部屋も、今は綺麗に片付けられている。玄関の右手には小さな台。そこには花瓶があって、綺麗な花がいけられている。

入って左手にはイオレッタの上着がかけられている。奥の方からは、煮込みを作っているらしいいい香りまでしてきた。

「イオレッタ、クライヴさんが来たわよー」

「はーい」

パタパタと足音がして、厨房に続く扉が開かれる。髪をスカーフで覆ったイオレッタは、料理の手を止めたらしい。

「いらっしゃい……って、どうかしました？」

「いや、マーガレットにこれを届けるよう頼まれた。引っ越し祝いだそうだ」

「わわ、すみません！　庭に薬草畑でも作ろかなーと思って。たぶん、栽培できる薬草の苗をプレゼントしてくれたんですよね」

イオレッタはマーガレットとずいぶん仲良くやっているようだ。すっかりこの町にも馴染んできた。イオレッタを連れてきた身としては一安心である。

「この家、片付け甲斐《がい》があるんですよねー、あ、お茶出します。座ってくださいな」

厨房の隣は食堂兼居間。ここに客人を通して、客間にもしているらしい。

「さあさあ座った座った！」

なぜか、ゼルマが楽しそうだ。クライヴの座る椅子を引いてくれ、座面をぽんぽんと叩いて促してくる。

やっぱり、以前に会った時よりずいぶんパワーアップしている。壁をがたがた言わせるだけじゃなくて、物を動かすことができるようになってきた。

「元気そうだな」

「元気ですよー。あちこち片付けようと思ったら、楽しくなっちゃって。家具もいい感じのものをそろえられましたしね」

全部中古ですけど、と笑いながらイオレッタはクライヴの前にティーカップを置いた。

「私も元気ー」

とゼルマ。

なぜか、もうふたつカップがトレイに載っている。イオレッタの前にひとつ、そして、ゼルマの前にもひとつ。

「ゼルマに出す必要あるのか……？」

「気分！　きーぶーん！」

ゼルマの声に合わせて、ティーカップがカタカタ揺れる。

ずいぶんと自由奔放な幽霊である。たしかに、自分だけ飲み物がないのはつまらないだろうが。というか、このゼルマと同居しているのだからイオレッタはやはりたいしたものなのかもしれない。

「私が飲むから、無駄にはなりませんよ」

クライヴが気にしていたのは、そこではないのだが。

「君が楽しく過ごしているなら、それでいいんだ。しばらく組合には顔を出さない予定か？」

「治療所で待機の日なので、明後日には行こうと思ってます。クライヴさんには感謝しなくちゃ。私、ロシードに来られてよかったと思ってるんですよ」

「……そ、そうか？」

真正面から感謝の念を伝えられて、柄にもなく赤面しそうになった。意志の力で顔に集まろうとする血液を断固として下に押し戻したが。

「家にいた頃って友達もあまりいなかったし――あ、知人はいっぱいいたんですけど。今はこうして楽しく同居できる友達も見つかったし」

「やーん、それほどでも」

照れたゼルマは、またカップをカタカタ言わせる。だから、ゼルマの前にはカップは必要なかっただろうに。

「——楽しく同居できる友達が見つかって……よかった……な……?」

後半あやふやになってしまったのは、ゼルマを友人として認めてしまっていいのかどうかというところだ。

彼女が、悪霊化しないのであれば、これ以上なにも言う必要はないのだが。

「クライヴさんこそ、忙しいんじゃないですか?」

「いや、大きな仕事がひとつ、終わったところだからな」

薬草の裏取引をしていた集団については壊滅状態に追い込むことができた。クライヴとしては、もうこれ以上言うことはなにもない。

「よかった」

イオレッタは微笑む。その顔を見ていたら、クライヴの胸もなんだか温かくなってくる。

もし、と不意に考えた。

今の気持ちをイオレッタに伝えたら、彼女はどんな顔をするのだろう。

第五章　湖の大精霊に会いに行きましょう

元ゼルマの家に引っ越しをして二週間。彼女との生活もだいぶ慣れてきた。

「雨ねぇ……」

「雨だわねぇ……」

窓辺に並んだイオレッタとゼルマは、空を見上げてため息をついた。そろそろ本格的に採取に復帰しようと思っていたのに、出鼻をくじかれた形である。

「これじゃ、庭いじりもできないし」

花壇も野菜畑も薬草畑もいい感じになりつつあるのに。

「それなら、図書館に行って来たら？　今日は思いきって休んじゃいなさいよ」

と、ゼルマがそそのかしてくる。そう言えば、図書館に行ってみようと思いつつ、まだ行くことができていなかった。

ゼルマの提案を受けたイオレッタは、午前中は掃除をして、午後から行くことに決めた。午前中は家中ピカピカに磨き上げ、昼食まですませてしまう。

「私は昼寝するからー」

と言いつつ、ゼルマは天井をすり抜けて自分の部屋に戻ってしまう。幽霊って、昼寝するのだろうか。

雨の中、図書館まで向かう。入場料は、銀貨一枚。これで、夕方までいることができる。中は飲食禁止だが、近くには食事をすることのできる店が何軒かあるから問題ない。

(たくさんある……!)

思っていた以上に、蔵書の数が多い。それに、種類も豊富だ。

クライヴが言っていたように、流行《はや》りの小説まで並んでいる。

(ゼルマにも読ませてあげたいわねぇ……!)

ゼルマが生きていた頃は、こんな立派な図書館はなかったそうだ。ここで読んだ本の中でゼルマの趣味に合いそうなものがあれば、買ってもいい。

レシピ本や、家事の方法が掲載されている本も、このあたりで採取できる薬草についての本も興味深い。

(――でも、今日は休みって決めたし)

ロマンス小説の本を二冊抱えて席を取ろうとしたけれど、いくつか並んでいるテーブルはほとんど埋まっていた。

相席できそうなテーブルならあるけれど、いきなり他の人も使っている席に着くのは気が引ける。

どうしようかと視線を巡らせた時、視界の隅でなにかがひらひらとした。そちらに目を向けてみれば、テーブルに頬杖をついたクライヴが、もう片方の手で手招きしている。

彼の使っているテーブルには、他に座っている人もいない。本を抱えたまま近づくと、向かい側に座るよう合図された。

（私が席探しているの、気がついていたんだ……）

ありがたくその席に座りながらちらりとクライヴの方を見れば、鮮やかな色合いの絵が描かれたページが開かれていた。魔物の姿を正確に写したもののようだ。

テーブルの上には筆記具も置かれていて、メモを取っているようだ。こちらに背表紙が向けられている本は、近隣の遺跡についてのもの。

（魔物の生態を調べてるってことかな……？）

冒険者組合にも、こういった本は置かれているが、組合に置かれているものよりも分厚いので、詳細な内容が記されているのだろう。

イオレッタが座るのを確認したら、クライヴは再び書物に目を落とした。

真顔でページを見つめ、なにかノートに書き留めている。唇は固く結ばれていて、生真面目な表情だ。彼のこういう表情を見るのは珍しい。

（……変なの）

クライヴのその様子から、目を離すことができなくなる。心臓が高鳴りかけるのを、服の上から胸に手を当てることで抑えた。

彼の向かい側で、流行小説を開くのは少し気が引けたけれど、いったんページを開いてしまえばあっという間に物語の世界に没頭していた。

ふたりの間にある穏やかな空気。静かな時間。時折響くのは、ページをめくる音とペンを走らせる音ぐらいのもの。

二冊目を読み終えてから目を上げてみる。

クライヴと目が真正面から合ってどきりとした。いつから見られていたんだろう。物語の世界に没頭しすぎて、変な顔になっていなければいいけれど。

外を指さしたクライヴが、「出るか？」と目線で問いかけてくる。うなずいて、本を元の場所に戻したら、彼は入り口のところで待っていた。

「こんにちは、クライヴさん」

図書館の中は私語厳禁なので、これが今日初めての会話である。

「こんにちは——と、雨、やんでるな」

肩を並べて外に出たら、朝から続いていた雨は上がっていた。

「今日はクライヴさん達もお休みだったんですか？」

「昨日まで三日ほど出かけてたから、今日は休みにした。タデウスは武器の手入れをするために武器店に行ってるし、レオニードは神殿に行ってる」

「なるほど」

採取がメインのイオレッタと違い、クライヴ達はあちこち出かけている。遠出をして依頼をひとつ片付けたら、数日休みにするというのが彼らのスタイルだ。

休みにするといっても、武器や防具の整備もあるし、レオニードはこういう時に神殿で修行するらしいので、完全な休日というわけでもないのだという。

クライヴは魔術師なので、普段剣を使うことは少なく、今回は剣の手入れは不要だったそうだ。そんなわけで、今日は魔物の生態について新たな発見がないか調べていたらしい。勉強熱心である。

「これからどうするんだ？」

クライヴに問われて、イオレッタは首を傾げた。

「そうですねえ、市場でお買い物をしてから帰ります。食材が足りなくなりそうですし」

「付き合う。今日は、あいつらもいないしな」

タデウスとレオニードは、今夜は遅くなりそうだという。それでも、わざわざ付き合わせるのは申し訳ないような気がした。

「大丈夫ですよ。慣れた道だし」

「それはわかるが、早めに依頼を片付けたやつらがそろそろうろうろし始める頃合いだから、心配だ」

早めに戻ってきた冒険者達は、もう最初の一杯を飲み終えて、二軒目に流れようとしている頃合いだそうだ。普段は、この時間帯はもう家にいるから気がつかなかった。

「……じゃあ、お言葉に甘えて」

クライヴの誘いをこれ以上断るのも気が引けて、彼に付き合ってもらうことにする。

「なにを買うんだ？」

「今日は、初めてのお料理に挑戦しようと思うんですよ！　ポル鳥の甘辛焼きです！」

以前、クライヴと一緒に行った店でポル鳥のグラタンを食べた。それがきっかけでポル鳥の味にはまってしまい、今はいろいろな料理にチャレンジしているところだ。

「うまそうだな」

「ゼルマがいろいろと教えてくれるんですよ。彼女、ものすごい料理上手で」

市場でいろいろと食材を見て回る。尽くすタイプだったという彼女の言葉通り、ゼルマの料理の腕は完璧だった。彼女に教わりながら料理をするのも楽しんでいる。

クライヴと並んで歩くのは、なんだかふわふわする。別に、特別な何かがあるというわけでもないのに。

「イオレッタの作ってくれた料理もうまかったぞ。あのスープとか」

「外で食べるとなんでもおいしいですよね！　あと、あれは素材のおかげです！」

クライヴは褒めてくれるけれど、野営の時に作ったスープはそんなに難しいものではない。どかどか材料を切って煮込んで、塩胡椒やハーブ類で味つけしたら終了だ。だけど、褒められたら嬉しいと思ってしまう。

「ほら、荷物貸して。重いだろ?」

「そうでもないですけど……」

遠慮したけれど、増えた荷物まで持ってくれる。おまけに家まで運んでくれた。

(こんな風に扱われることってなかったから……)

視線を感じて顔を上げたら、窓のところにゼルマがにやにやしながら張りついている。妙に恥ずかしくなってしまった。

＊　＊　＊

イオレッタの目の前には、病で床についた母がいた。

「ねえ、お母様。どうして、精霊使いであることを皆に言わないの?」

祖母は精霊使いではなく精霊師。ベルライン家は代々精霊と契約を結んできた家系だ。なのに、母ときたら精霊と言葉を交わすことができるくせにできないふりをしている。

(お母様に精霊使いとしての力があるって知ってたら、お父様だってお母様のことを嫌だって思わないでしょうに)

イオレッタの父は、この家に精霊使いとしての力をもたらすために婿入りした。

本人の意思に反する結婚から生まれたイオレッタのことはあまり好きではないのだろうなということは、イオレッタもうすうすと察知している。

あまりこの家に戻ってこないのは、もうひとつ家庭があるかららしい。

母は頑として認めようとしないけれど、口さがない使用人達がそう噂しているのを知っている。

「だって、私は精霊使いじゃないから、あの人と結婚できたんだもの」

うっすらと微笑む母は、なにを考えているのだろう。

「そんなこと言っても、お父様、帰ってこないじゃない……ずっと帰ってきてないじゃない……！」

母の前で、ついうっかりそう漏らしてしまった。

父と母の婚姻が、祖母の肝入りで行われたこともちゃんと知っている。でも、口にせずにはいられなかった。

精霊使いとしての力を持っていない母のために、次代に期待を繋いで父が選ばれたのだと。実際には母は精霊使いとしての力を持っていたし、その気になれば精霊を行使することもできたけれど、祖母にすら秘密にしていた。

イオレッタに教えてくれたのは、イオレッタが精霊師としての能力に恵まれたと母が気づいてしまったから。母と同じように能力を秘密にすることを期待されたのだ。その方がいいと、イオレッタも強く言い聞かされた。

（結婚前から、好きな人がいるって知ってたはず……なのに、お父様と結婚したかったの？）

何人かいた候補者の中から父が選ばれたのは、母が父に恋していたからだ。

「イオレッタ。あなたにはわからないかしら？　お母様は、魔力で縛って精霊に言うことをきかせることがどうしてもできないの」

それなのに、「精霊使いとしての力を持たないから」という理由で父を縛りつけてもいいのだろうか。わからない。母の気持ちがイオレッタにはまったく理解できない。

「精霊は、お願いしたら願いをかなえてくれるじゃない。魔力を欲しがるけれど……」

そう口にしたら、母は表情を変えた。

「あなたにはわからないわ！　あなたは、私とは違う！　私は――私があの人を得ようと思ったら、力を使わずにいることしかできなかったの！　あなたにはわからない！」

パァンッと高い音がして、イオレッタの頬が鳴る。熱い、と思った次の瞬間、母に打たれたのだと理解した。

「どうして？」

母が、イオレッタを見ていないのはわかっていた。

イオレッタが精霊と通じることができるようになった頃から、母はイオレッタを直視しなくなった。あとから考えれば、祖母の力を受け継いだイオレッタに対して劣等感のようなものがあったのだろう。

「かわいそうな子。あなたのことなんて、誰も愛さない……おばあ様もそうだったでしょう？」

母の言葉に、今は亡き祖母の顔を思い浮かべようとする。

祖母の背中はいつもぴしりと伸びていた。

けれど、イオレッタは祖母の顔を思い出せなかった。いや、思い出せるのだけれど、後ろ姿の印象の方がはるかに強い。

魔力で縛らずに精霊と通じることのできる精霊師。それゆえに、祖母の周囲には多数の人が集まった。祖母の力による恩恵を期待して。

祖母は精霊達と対話し、貴族達の願いをかなえるのに忙しく、娘にも孫にもさほど興味を見せなかった。

祖母からしたら、生まれた娘が「精霊使い」としての才能さえ持たなかったことが許せなかったのだろう。母が精霊使いとしての力を自ら封じていたことにすら気づくことなく。

イオレッタも、母に見捨てられたくなくて祖母の前でも力を見せなかった。そうしたら、祖母は喜んでくれたかもしれないけれどできなかった。

祖母よりも、母の方が大切だったから。

「あなたの側には誰も残らない。だって、あなたは精霊師。精霊師は人よりも精霊の方がずっと大切なんだもの——だから、あなたは一生ひとりで生きていくの」

まるで、呪いみたいに胸に刻み込まれる母の言葉。イオレッタは息をついた。

「お母様、私……私のことは愛していないの？」

「いいえ、愛しているわ。それと同時に、かわいそうだとも思っているわ。だって、私はもうすぐいなくなる。そうなったら、あなたを愛する人は誰もいなくなってしまう」

痛い、痛い、苦しい。どうして、そんなことを言うのだろう。胸がずきずきして、目のあたりが熱くなってくる。

（……お母様の言葉は正しい。だけど！）

愛されたいと願ってなにが悪い？　ひとりは嫌だと思って、なにが悪い？

「私にだって、友達ぐらいいるもの！」

思いきり叫んだ瞬間、目が覚めた。

視線の先にあるのは、引っ越してきたばかりの家の天井。長年見てきた生家の天井でも、冒険者組合の持つ宿泊施設の天井でもない。

（……なんで、思い出してしまったのかな）

ベッドに横たわったまま、両手で顔を覆った。

母との思い出は、そうたくさんあるわけではない。ベッドで過ごす時間が長くなればなるほど、彼女の心の中で、イオレッタの占める部分は小さくなっていった。

時々、用事ができた時だけ家に戻ってくる父にまとわりつく母の姿と、うっとうしそうに母を追いやる父。これが、イオレッタの記憶にある両親の姿だった。

父の笑顔を見たのは、異母妹とその母親が家に来てからだった。彼が浮かべていたのは、イオレッタには見せたことのなかった満面の笑み。

（お母様、本当に、あの人のどこがよかったんだろう……）

精霊使いとしての能力を、完璧に発揮していたところだろうか。あとは顔。自分の父親ではあるが、イオレッタなら絶対あの人は選ばない。

（私が精霊使い——ううん、精霊師だって知ったら、きっとあの人は……）

イオレッタが精霊師としての能力を持っていると知ったら、伯爵はベルライン家に新しい精霊師が生まれたと喜んでくれるだろうか。それとも、彼を越えたイオレッタを憎むのだろうか。

どちらかと言えば後者の気がする。

「やだやだ、やめやめ」

過去のことに囚われていてもしかたない。イオレッタの存在を否定し続けた人のことを考えるだけ無駄。

——でも。

家を離れてみれば、そんなのとても小さなことだった。

イオレッタにだって、友人のひとりやふたりできた。マーガレットとか、『ニバーン』の面々とか。アリスとも時々手紙のやり取りをしている。

ゼルマも友人に数えたいところだ。だって、『女の子ふたりの同居生活』なんて、言葉だけでわくわくするではないか。片方は幽霊だけど。

（クライヴさん達は、私のことを友達だと思ってくれているかな……？）

なんとなく、自分はクライヴに好意を持っているような気がする。だけど、彼にはうかつに近寄らない方がいいような気もするのだ。

たとえば食事をする時の食器の扱いだとか、自然とイオレッタの分の荷物を持ってくれるところだとか。そういうところに、育ちのよさがにじみ出ている。

そのあたりから判断すると、クライヴは貴族なのだろう。

それに、レオニードやタデウスも彼と同じように貴族の出身だ。身分としてはどの程度のものなのか判断するのは難しいけれど、彼らの立ち居振る舞いも庶民出身の冒険者のものとは違う。

（そう言えば、この国には一度家を離れるってしきたりがあったものね）

隣国の情勢ぐらいある程度知らなければ、貴族の娘なんてやっていられない。プラディウム王国では、家を継ぐ者であったとしても一時家を離れて生活するという慣習がある。

貴族の家ではなく商家でも同じような慣習があるそうだ。なんでも、幅広い考え方を身につけるためということらしい。

特に次男以降の場合、家を継げないのだから自分の生活は自分で守る必要がある。家を離れている間に、自分の生計を立てる道を考えるというのもその目的のひとつらしい。

クライヴ達は、『二番目』の集まり。必要となれば家に帰るのだろうけれど、冒険者として生きていくことも頭に入れている。別に珍しい話ではない。

「ちょっとちょっとー、起きてるならさっさと下りてきなさいよ。朝ごはん、冷めちゃうんだからね？」

ずずずっと床からゼルマが上ってくる。胸から下が床に埋まっているので、ちょっと、いやだいぶ怖い。

「床から顔をのぞかせるのはどうかと思うわ」

ベッドで考え込んでしまったのは、きっと久しぶりに母の夢を見たから。

自分が恋した相手と結婚したけれど、母の結婚生活はさほど幸せなものではなかった。イオレッタの存在さえも、母の慰めにはならなかった。いや、精霊使いとしての能力しか持たなかった母自身の劣等感を煽《あお》っただけなのだろう。

「朝ごはん冷めちゃうって言ってるでしょ！」

「ごめんなさい。すぐに行く」

この家に引っ越してきてから二週間以上。ゼルマとの生活もだいぶ慣れてきたような気がする。

たぶん、生前のゼルマというのは本人の言う通り尽くすタイプで世話焼きの人間だったのだろう。話を聞いている限り、彼女の恋人は相当なダメンズだった。今はその分イオレッタを甘やかしているようだ。

この部屋の向かい側の部屋が、ゼルマの私室だ。私室といったところで、ゼルマがそこでどう過ごすのかという問題は出てくるけれど、プライベートなスペースはあった方がいいとふたりでそう決めた。

しかも、「家賃を払えない分働く」と言い出したために、家事は大半ゼルマが引き受けてくれている。イオレッタの想像していたひとり暮らしとはかなり大きくくずれてしまったけれど、今はこの生活が楽しい。

イオレッタが顔を洗って階下に下りた時には、テーブルの上には朝食が並んでいた。

「朝ごはん、ありがとう」

「いえいえ、どういたしまして。味見はしてないけどね！」

味見はできないけれど、ゼルマの味つけは完璧である。優しい味つけのスープとパン。スープには卵が落としてある。

誰かと一緒に過ごす時間が、こんなにも心温まるものなんて想像すらしていなかった。

「今日は採取にはいかないの？　寝坊したし」

「今日は、庭の手入れをしようと思って。この間埋めたお芋、そろそろ収穫できるかもしれないし。午後からは組合の治療所だしね」

今は、幸せだ。友人と同居しながら、のんびりとした生活を送ることができている。

気が向けば薬草の採取に行くし、そうでなかったら、庭で育てている薬草を薬師組合に売りに行く。

イオレッタの薬草畑は普通なら考えられない勢いでもりもり薬草が育っているようで、時々薬草泥棒がやってくるらしい。らしいというのは、寝ている間にゼルマが追い払ってしまうから。

「私も行っていい？　ほら、お供の精霊的な扱いで」

「あなた敷地内から出られないでしょうに」

残念ながら、ゼルマの活動範囲はこの家の敷地の中だけ。柵越しに外に手を伸ばすことはできるけれど、一定のところで引き戻されてしまう。

「やってやれないことはない！　毎回チャレンジしている間に、えいやってできるようになるかもでしょう？」

なんで、こんなに前向きなんだろう。けれど、ゼルマのそういうところ、嫌いではないというか好ましい。

イオレッタがここで暮らすようになってから、少しずつ力が強くなってきたそうだ。

以前は壁を揺らして音を立てるぐらいしかできなかったのが、「家賃分は働く！」となったら、壁以外の物にも触れることができるようになったのだとか。

やはり、精霊として変化をしようとしているのかも。

朝食を食べ、洗濯をすませたら、午前中は宣言通り庭の手入れだ。芋はまだもう少し育てた方がよさそうなので、収穫まで五日ほど待つことに。

「ねーねー、この花、そろそろよさそうじゃない？」

「そうね。部屋に飾りましょうか」

誰かが種だけ植えていたのか、それとももっと前に植えられたものが勝手に野生化していたのか。

ぼうぼうの草をゼルマとふたりえいえいと騒ぎながら抜いてみたら、花壇に生き残っている花がいた。ポピーやカモミール、それにラベンダーとヤグルマギク。

バラの木もあったし、リンゴやイチジクといった果樹も植えられていた。果樹はゼルマがこの家に住んでいた頃に植えたものだそうだ。

味は保証しないとゼルマは言っていたけれど、季節になったら収穫するのが楽しみだ。一応、毎年実をつけてはいるらしい。

花の手入れをして、収穫の時季を夢見て、のんびりと過ごす。なんて贅沢《ぜいたく》な時間なんだろう。

昼食は、目玉焼きを乗せたパンと、昨日冒険者組合でおすそ分けしてもらったオレンジで簡単にすませる。食べている間、ゼルマは向かい側に座っていて、イオレッタとお喋りをしてくれる。

支度をしてから、今度は冒険者組合へ。門を出たところで、振り返ってみる。

「ぐぬぬぅ……出られないー！　でーらーれーなーい！」

門のところに張りつくみたいにして、ゼルマは情けない声をあげた。やっぱり、無理だったらしい。

「お土産待ってるね……」

手を振ったゼルマは、ふらふらと空中を漂って扉の方に向かう。扉を開けることなく、そのまま通り抜けて中に消えた。

「お土産、ねぇ……食べるのは私なんだけど」

ゼルマは食べられないから、イオレッタが食べるのを見ているだけ。目でも楽しめるようなきれいなお菓子でも買って帰ろうか。

組合に入ったら、マーガレットがカウンターから飛び出してきた。

「イオレッタ、待ってたわ！」

「あれ、どうしました？」

「ねえ、指名依頼を受ける気はない？」

「指名依頼……？　私を指名したいんですか？」

時々、冒険者を指名しての依頼というものも出てくる。イオレッタのように土の精霊と契約している精霊使いだったら、「土の精霊の力を使って、畑を耕すのを手伝ってくれ」などが多い。

　受けるか受けないかはともかくとして、指名依頼をされるというのは冒険者にとっては名誉でもある。

「依頼者からではなく、組合からの指名ね。精霊使いが必要なのよ。ロシードには他に精霊使いがいないわけじゃないけど、依頼を受けているのは『ニバーン』だから。あなた、彼らと仲がいいでしょ」

「それはどう、でしょう……？」

　街中ですれ違えば、会話くらいはする。

　クライヴが家まで来てくれたことがあった。そう言えば、クライヴと食事に行ったこともあったっけ。図書館で顔を合わせたことも。友人だとイオレッタは思っているけれど、彼の方はどうだろう。

「私で役に立つのなら……」

「よかった！」

　イオレッタの返事に、ぱっと顔を明るくしたマーガレットは、治療所の方に声をかけた。

「イオレッタは、ちょっとこっちで借りるわね。手が必要なら声かけて」

　治療所の中にいなくても、組合の中にいればすぐに駆けつけることができる。

　どうせ患者が運ばれてくるのを待っている間は他にすることもないのだから、今のうちに話をしてしまおうということか。

「ここから半日ぐらい行ったところにね、スィア湖っていう湖があるのは知ってる？」

「名前くらいは知ってるけど、行ったことはないですね。この国に来てまだ三か月だし」

「ああ、そうだった。すっかり馴染んでいたから忘れていたわ」

ぽんと額を叩いて、マーガレットは苦笑い。

この町でも有名な冒険者と付き合いがあったり、幽霊のいる家に住み着いてみたり、たしかに三か月にしては馴染んでいるかも。治療所でイオレッタの治療を受けた人もたくさんいるから、顔馴染みも順調に増えている。

それはともかくとして、スィア湖というのは、綺麗な水と大精霊がいることで有名な観光名所だ。大精霊が住んでいることから、湖での漁は常に豊漁。

時々気まぐれに姿を見せる大精霊の姿を見ることができれば、幸福になることができるとも言われていて、大精霊の姿を見るために、湖畔にずらりと観光客が並ぶこともあるらしい。

いつか行ってみたいなとは思っていたけれど、行くとなると一泊しなければならないので、今まで行く機会はなかったのだ。

「大精霊って、人の目に見えるものなの？」

多数の精霊と契約しているイオレッタでも、普通の人が大精霊を見ることができるかどうかという点についてはよくわからない。そもそもイオレッタは大精霊だけではなく、普通の人には見えない精霊も見ることができる。

「大精霊が人の前に姿を見せてもいいと思った時には見えるみたいね」

イオレッタは普段意識していないけれど、精霊は下級精霊、中級精霊、大精霊、精霊神と分類されている。これは生まれてからどのぐらいの時間が経過したかによって決まるそうで、イオレッタが契約している精霊達の中では、ヴァネッサだけ中級精霊だ。

これは人間側の分類であって精霊には関係のないことだが、大精霊と呼ばれるレベルの精霊は、神へ変化しようとする一歩手前なのだともいわれている。

その大精霊が、呼びかけても姿を見せなくなってしまったというのだ。たいていは、呼びかければ姿を見せてくれるらしい。

今のところ、姿が見えない以外の変化はないけれど、このままでは湖の恵みが失われるのではないかと心配しているらしい。

「『ニバーン』に調査をお願いしたから、彼らに同行してもらえない？　精霊使いなら、理由がわかるかもしれないし」

「『ニバーン』の皆さんが、私でいいと言ったならかまいませんよ」

もしかしたら、彼らにはもっと調査に適した精霊使いの知り合いがいるかもしれない。それでマーガレットとの話は終わりになった。

すぐに『ニバーン』からもイオレッタで大丈夫だという返事が来て、翌日早朝待ち合わせることになった。

「付き合わせて悪いな」

「問題ないですよ。出がけにゼルマが面倒だったぐらいで」

クライヴの言葉に、イオレッタはちょっと遠い目になった。

一泊で出かける、もしかしたらもうちょっと長引くかもと言ったら、ゼルマはご機嫌斜めになってしまった。彼女は家から出られないし、イオレッタが留守にしている間は家には誰も来ない。

「つまらない！　つまらない！　ヤダヤダ！」

としまいにはひっくり返って足をバタバタさせ始めてしまった。子供か。

「わがまま言うなら、お土産買わないよって言ったら、おとなしくなったんですけど」

土産という言葉が出たとたん、あれがいいこれがいいと山のように品名を上げ始めた。子供か。子供と大差ない。

「気持ちはわからなくもないな。長年、あの家にひとりで暮らしていたんだろ？」

「それもそうなんですけどね。あまりわがまま言われても、私にもできないことはあるので」

家に取り憑《つ》いているのをひとり暮らしと言っていいのかどうかは別として、ゼルマがひとりで寂しかったのは事実。

イオレッタを相手にする時、床から上半身だけ出してみたり、天井から逆さまに出てきたりするのもその表れなのだろう。

寂しがらせるのは申し訳ないような気もするから、なにかお土産は買って帰ろうと思う。

「それで、湖の大精霊がいなくなったって、聞きましたけど」

「今のところ、俺達にもよくわからないんだよな。行って現地調査して、結果を報告しろってことだから」

精霊が姿を消すというのなら、周囲にもそれなりに影響が出ていそうだけれど、今のところそれはないそうだ。

となると、なにか理由があって隠れているのかもしれない。今、それを考えてみても始まらないけれど。

「それにしても、遠出ってめったにしないから新鮮です」

ガタゴトと揺れる馬車は、上の幌を外してしまっている。今日は天気もいいし、外の空気をこうやって感じられるのは気持ちいい。

野営は嫌だし、魔物退治は面倒だしで基本的に遠出の依頼は受けないが、こうやって馬車で移動できて、宿泊場所の確保もされているのなら悪くないかもしれないなんていう気にもなってくる。

「イオレッタは採取専門だもんな。それだけで終わらせるには、もったいない腕だと思うが」

「私はのんびり生きたいんですよ！　のんびり生活できるだけの収入があったら、それで十分なんです」

昨日見た夢のことを思い出す。父の愛を求めても求めても与えられなかった母。

偉大な祖母の才能を引き継がなかったことに劣等感を持ち、精霊使いとしての才能さえも隠してきた彼女。

精霊を縛りたくないというのも嘘ではなかっただろう。でも、それだけじゃない。

『母に遠く及ばない才能を知られるくらいなら、最初から才能がないと思われた方がよかった』という諦めと、『自分が精霊使いとなってしまったら、夫と結婚している理由がなくなる』という恐怖。

あの父をそこまで愛せるというのもすごいと思うが、ふたりの間に挟まれたイオレッタは彼女にとってどんな存在だったのだろう。

母はイオレッタが精霊師であることに気づいていたけれど、イオレッタが才能を見せるのをよしとはしなかった。

イオレッタも、子供の頃は母の愛情を失うのが怖くて、精霊と通じ合える才能を隠していた。大人になってからは、父の前で力を見せない方がいいだろうと思っていた。

愛だとか恋だとか、精霊師としての役目とか。そんなものに縛られる生き方は今のところ望んでいない。ただ、自分が望むように生きていきたいだけ。

そして、イオレッタにはそれができるだけの力がある。

「悪かったな。なにを求めて冒険者となるかは人それぞれだし、他人が口を挟んでいいことじゃない」

「いえ。腕を買っていただけるのは嬉しいですよ。私の生き方は、冒険者としては好ましくないって人もいるでしょうしね」

素直にクライヴが謝罪の言葉を口にするから、今の自分の力説が恥ずかしくなってくる。

でも、イオレッタにも譲れないものはある。

「さて、それはともかくそろそろスィア湖だよ？　イオレッタちゃんは初めてなんだよね」

御者台にいたレオニードが振り返る。観光名所なのだから、きっと美しい光景が見られるはず。

「わあ、すごいですね……」

坂道を下り始めたら、見えてきたのは大きな湖だった。空の青を反射し、湖面は青い。風にそよぐ湖面が、ゆらゆらと光を放っている。

「力の強い精霊がいるのはよくわかります。だって――こんなにも精霊達が喜んでいるから」

他の人には見えていないだろうけれど、イオレッタの目には精霊達が湖の周囲を飛び回っているのが見える。

「湖の大精霊という呼び方でいいのか？」

クライヴは湖の大精霊をどう呼べばいいのか迷っているみたいだ。

「名前をつけると契約することになってしまいますからね。基本的には湖の大精霊という呼び方でいいと思いますよ。相手が名乗れば別ですが——精霊によっては、名前を持っていることもあるみたいです」

精霊との契約は、精霊使いが精霊に名を付けることによって成立する。湖の大精霊に名を付けるだけの能力を持つ精霊使いは、今まで現れなかったということだろう。

（おばあ様がスィア湖に来ていたら、どうだったかな——）

精霊師として、並の精霊使いでは太刀打ちできないような能力を持っていた祖母がここに来ていたとしたら、契約することはできただろうか。

いや、考えても始まらないか。きっと、大精霊と呼ばれるほどの力を持つ精霊と人が契約しようだなんて間違っている。

「じゃあ、私は水の精霊達から話を聞いてみますね」

「頼む。俺達じゃそこはできない相談だからな。俺達は周囲に異常がないか調べてみる」

イオレッタに依頼が出されたのは、精霊と話をする能力を持っているからだ。精霊との話し合いはイオレッタに任せておいて、『ニバーン』の面々は、周囲を調べ始めた。

「ヴァネッサ、このあたりの精霊を紹介してくれる？」

『任せて』

ふわりと姿を見せたシロクマはふよふよと湖の方に飛んでいく。歓迎しているかのように、シロクマの周囲を光の輪が取り巻き始めた。

ヴァネッサがなにやら声をかけると、光の輪はこちらへと向かってくる。

『こんにちは、精霊の友よ』

精霊使いや精霊師は、精霊達にとっては友と呼べる存在だ。

イオレッタの前で数回点滅した光の玉は、ポンッとヴァネッサと同じ姿になった。あっという間にイオレッタの周囲は、シロクマに囲まれてしまう。

精霊は基本的な姿を持たないから、ヴァネッサに合わせているのだろう。ここでアルディを出したら、ハリネズミになるのだろうか。

「わわ、こんなに来てくれるなんて思ってもいなかった。ええと、ここに大精霊がいるって聞いたんだけど、どこかに出かけているの？　それとも、この湖が嫌になってしまったの？」

『大精霊様、眠ってる！』

精霊が眠りにつくなんて、聞いたことがない。精霊達の言う眠りとは、イオレッタの思う睡眠と同じ意味でいいのだろうか。

「眠ってるって、いつ起きるの？　もしかして、数百年とかかかるのかしら……？」

永遠に近い命を持つ精霊の時間的感覚は、人間のものとは大きく違う。そもそも、時間という概念があるのかどうかも怪しいと聞いてみてから気がついた。

『すぐ起きるよ？　うーん、あと、一週間くらい？』

時間の感覚はあったらしい。それから精霊達はわいわいと口を開き始め、イオレッタも彼らの言葉を聴き取れなくなる。

ヴァネッサが精霊達の中に飛び込み、彼女ものすごい勢いで話し始めた。ここは、ヴァネッサに任せておけばいい。

やがて戻ってきたヴァネッサは、ふわふわとイオレッタの目の高さまで上ってきた。

『ええとね、湖の精霊は精霊神になろうとしているんですって。そのために、しばらく眠りにつく必要があるそうよ』

イオレッタとの付き合いの長いヴァネッサが、水の精霊達の話を整理してくれた。

スィア湖はただの観光名所だったけれど、精霊を見に来た観光客が祈りを捧げることで、神性を持つようになったらしい。そして、湖の大精霊は、神になる資格を得たのだそうだ。

存在そのものの在り方が変化するので、一度活動を停止する必要があるらしい。

「イオレッタ、精霊達はなにか言っていたか？」

湖の周囲を調べに行っていたクライヴ達が戻ってきた。

「あの……精霊から、神様になるらしいです」

自分で口にしながらも信じられない。今までこういった状況に直面することはなかった。

そもそも、精霊から神になるというのは話としては聞くことはあったけれど、こうやって人々の間で話題になるのは初めてかもしれない。

イオレッタの話を聞いたクライヴは、目を丸くした。彼にとっても、きっと思いがけない話だった。

「めでたい話じゃないか。さっそく代官のところに話しに行こう。それなら、これから忙しくなりそうだな」

クライヴに連れられ、代官の屋敷に向かう。

代官の屋敷は、湖がよく見える場所に建てられていた。事前に話は通っていたから、すぐに代官の前に案内される。

「で、では——どうしたらいいのでしょう？」

事情を聞いた代官はうろたえた。イオレッタも最初は信じられないと思ったから、彼の反応も当然だ。

イオレッタもこういう時どう対応すべきかはよくわからないので、こっそり精霊達に聞いてみる。

『ゴチソウホシイ』

と、フェオン。

『人間の祈りは、精霊神様にとっても大切だと思うわよ？』

と、ヴァネッサ。

『神殿があるといいんじゃないかな』

とアルディ。

『わから、ない』

と、ソム。

イオレッタの契約している精霊達の反応も様々である。ソムがわからないのはきっと生まれて半年もたっていないからだ。

「神殿があるといいんじゃないかって、私の精霊達が言ってますけど……あとご馳走」

「精霊神様は、いつ頃いらっしゃるのでしょう？」

一週間、と聞いて代官は絶望した顔になった。さすがに一週間で神殿は無理すぎる。

「まずは、木製の祠《ほこら》を建てるのがいいんじゃないか？　それからゆっくり神殿を建てればいい」

と、クライヴが助け舟を出す。

「そうですね。そうしましょう！　さっそく設計を始めなければ」

祠って、一週間程度で建つものなのだろうか。

などという疑問はあったが、方針が決まってしまえば、あとはさくさくと進められるようだ。

代官はてきぱきと部下達に指示を出し、あっという間に木材の手配にかかる者、大工の手配にかかるもの、設計のできる人間を捜しに行く者など動き始める。

「湖の周囲で祭りを開催しようと思います。もともと、屋台を出している者も多いですし。どうか、皆さんもその頃もう一度いらしてください。イオレッタさん、感謝いたします」

代官の言葉に、イオレッタはそっと視線を落とす。

精霊と話ができるというのは、イオレッタの特技――でも。この能力を持って生まれたことが、本当に幸せなのかどうか。そんな風に満面の笑みで言わないでほしい。

「思っていたより早く終わったな。今日はもう遅いから、明日の朝ロシードに戻ろう。それでいいか？」

「大丈夫です」

母とのことを思い出してしまったからだろうか。自分の力を素直に認めることができないのは。

「一週間後、俺達はまたこっちに来るけど、イオレッタも一緒にどうだ？」

「そうですね。精霊神様にご挨拶できたら、嬉しいです」

クライヴが誘ってくれるのは嬉しい。

だけど、胸が痛みを訴えかけてくるのはなぜだろう。その理由を考えたくなくて、痛みから目をそらした。

＊　＊　＊

ベルライン家では、次世代の領主夫妻が畑に出ていた。

「頼むぞ、ボーレン」

トラヴィスが命じたのは、彼と契約している土の精霊だ。土の精霊は、精霊使いの魔力を対価として、土を豊かに育て、さらに植物の生成を速めてくれる。

『嫌だ』

けれど、今までは命令に従っていたボーレンは、トラヴィスの命令を拒んだ。精霊が、契約している相手の命令を聞かないなんてありえない。

「な、なにを言ってるんだ？　土を育てるんだ、ボーレン」

『断る』

もう一度命令してみたけれど、帰ってきたのは明確な拒否。いったい、なにがあったというのだろう。

『いない、いない……魔力くれる人、いない……』

「いるだろ、ここに。ほら、俺の魔力を――」

『いらない！』

「うわあ！」

ぶちり、と頭の中でなにかが切れるような音がする。激しい痛みに、トラヴィスはその場に膝をついてしまった。

「ボーレン、どうした！　俺の言うことを聞け！」

『断る！　お前の命令は聞かない！　聞かない！』

ボーレンと意思の疎通を図ることができない。今まで、一度もこんなことはなかった。

（魔力をくれる人がいないって、どういうことだ？）

魔力を練り上げ、ボーレンを縛ろうとするものの、じたばたと暴れるボーレンを押さえつけるのは難しい。

『もう、ここにはいたくない！』

「やめろ！」

思いがけず反抗され、反射的に魔力を強めてしまった。ボーレンは魔力でぎゅうっと締め上げられ、苦しそうな声をあげる。

「命令だ、ボーレン。土を育てろ」

『わかった……』

危ない、とひそかにトラヴィスは額に滲《にじ》む汗をぬぐった。危うく魔力を暴走させてボーレンを消滅させてしまうところだった。

精霊使いが、自分の精霊を消滅させてしまうなんて末代までの恥だ――だが、今まで従順だったボーレンが急に反抗するなんてどうしたのだろう？

とにかく、ボーレンに言うことをきかせるのには成功した。次期伯爵として、やるべきことはやっておかなければ。

ボーレンが畑の土を育てているのを監視していたら、向こう側からシャロンがやってくる。

イオレッタと別れてシャロンを選んだのは正解だったと彼女の姿を見ただけで思う。

シャロンは小柄だが、トラヴィスも男性としては背が高いとは言い難い。

イオレッタと並ぶと自分のコンプレックスを刺激されるのを覚えたけれど、シャロンとならば釣り合いが取れる。

フリルのついたピンクのワンピースを着たシャロンは、同じくピンクのパラソルをくるくる回しながら歩いていた。

「トラヴィス様、あちらの畑に水を撒《ま》いてきたわ！」

「ありがとう。やはり、シャロンがいると楽になるな」

「領民のためですもの。当然だわ――だって、私は次期伯爵夫人なのだもの」

うっとりとトラヴィスの前で微笑んで見せる。

「ボーレンはよくやっているのね」

「ああ、もちろん」

先ほど、ボーレンが反抗してきたことには口を閉ざしておく。わざわざシャロンの前で自分の弱みを見せる必要はない。

ベルライン家の領地が栄えているのは、精霊使いである領主一家が領民の畑をまめに手入れしていたからだ。

なぜ自分が畑の世話をしなければならないのだと思わないわけでもないけれど、社交の時期には王都で華やかな生活を送ることもできる。領地を大切にするのは領主として当然のこと。実家にいたら、領地の面倒をみるどころか、家で肩身の狭い思いをしていなければならなかったのだから、こうしてここに来ることができてよかったのだ。

「トラヴィス様の精霊は、ちゃんと主《あるじ》の言うことを聞いて偉いわ」

むぅ、と頬を膨らませながらシャロンは続けた。もう、子供ではないのだからその癖はやめさせなければ。

イオレッタの隣にいた頃は愛らしいと思っていたけれど、早くもその子供らしさを面倒に感じつつある。

とはいえ、トラヴィスが伯爵家で大きな顔をしていられるのはシャロンあってのこと。シャロンの機嫌をそこねるわけにはいかない——まだ、今のところは。

(俺の時代になったら、なにもかも変えてやるつもりだ)

幸いにもシャロンはあまり頭が回る方ではないから、トラヴィスが好きなようにやっても文句は出ないだろう。シャロンが愚かでいる間は愛してやろう。

この地を栄えさせ、ベルライン家をますます発展させる。そうしたら、自分を見下してきた兄達を見返すこともできる。

「イオリアは、言うこと聞いてくれなくて。面倒だったから、魔力で縛って言うことをきかせたわ」

「今、なんて言った？」

「イオリアが言うことを聞いてくれないの。変ね、この間まではちゃんと言うことを聞いてくれたのに——午後からは、こちらの畑に水を撒いてやらなくてはね」

満足げな笑みを浮かべながら、シャロンは畑を見回す。

そのシャロンの隣で、トラヴィスは嫌な予感がするのを拭えなかった。次期当主夫妻の精霊が、そろって言うことを聞かなくなっている。

（——いや、気のせいだろう）

そう思い返すと、トラヴィスはシャロンを促し、昼食のために屋敷に向かって歩き始めた。

＊　＊　＊

一週間後。イオレッタは再びスィアの町を訪れていた。

大精霊が精霊神に昇格したというのだ。戻ってきた精霊神は、一度だけ精霊使い達の前に姿を見せたらしい。祠を作ってもらったことを大変喜んでいたそうな。

「すごい盛り上がってますねー！」

「新しい神が生まれる現場に立ち会うってそうそうないもんな」

イオレッタ達も、代官との話を終えてから組合に報告しただけ。別にあちこち言いふらしたりはしていなかったけれど、それでも噂は広まるものらしい。

スィアの町では代官が先頭に立って祭りを開くことになったそうで、町にはたくさんの人が集まっていた。

広場には楽器を持ち出している人もいて、もう飲んだり踊ったり大騒ぎだ。これをいい商機と見込んだのか、屋台を出している人達もたくさんいる。

「俺は北の方を見てくる」

「私は、南の方を見てきます」

レオニードとタデウスは、なぜか別々の方向に向かって歩き始めた。せっかく四人で来たのに。

「じゃあ、私はあっちを――」

と、別の方向にイオレッタも歩き始めようとしたら、腕に手を置かれた。真面目な顔でクライヴはこちらを見ている。

「女性ひとりでうろつくのは危険だ」

「そのあたりは、大丈夫だと思いますけど……」

「イオレッタに守りが必要ないのは知っている。それでも、ひとりで歩かせるわけにはいかないだろう?」

なんて律義なと、感心している場合ではなかったか。

クライヴも自由に街中を歩きたいだろうに、イオレッタのお守りで大丈夫なんだろうか。

けれど、その言葉を口にすることはできなかった。

イオレッタの腕を掴んだ彼は、そのまま歩き始める。イオレッタの歩幅に合わせてくれているようで、ついていくのに大変ということはなかった。

「ほれ」

と、差し出されたのは、香辛料をたっぷりときかせて焼いた肉の串焼き。こういうお祭りでは定番の食べ物だ。

「あっついですよ!」

「ふぅふぅすればいい」

ふぅふぅって子供じゃないのに。

やっぱりお守りさせているんじゃないかな、と思いながらも串焼きにかぶりつく。ジューシーでありながらも、歯ごたえもしっかりしている。香辛料がいい仕事をしている。

(……どうしよう)

楽しい、と思ってしまってもいいだろうか。

たくさんの人が行き交う中でも迷うことなくすいすい進むクライヴの動きは、こんな時でも

優美さを失っていない。

歩きながらも休むことなく肉を頬張っているが、不思議と見苦しくないのだ。

（やだなあ、ううん、嫌じゃないんだけど）

クライヴと一緒にいるのは心地いい。隣にいても、イオレッタが不安に思うことも、なんだか気持ちよくないな、と思うこともない。

気がついたら、彼の姿を目で追ってしまっているし、しばらく顔を合わせる機会がなかったら、物足りない、とも思う。

——だけど。

クライブとイオレッタの関係にどんな名前をつければいいのかわからない。それが嫌だ。

友人だと思いたいけれど、友人とは少し違うとも思う。仲間？はもっと違う。イオレッタは彼の仲間ではない。

一緒に何度か依頼を片付けたけれど、あくまでも必要とされる間協力関係にあっただけ。数回食事を一緒にしたことはあるけれど、それだって事前に約束してのものじゃない。街中だったり組合だったりでたまたま顔を合わせた時だけ。

友人だったらきっと、互いの連絡先ぐらいは知っているだろうに——今までイオレッタの方から、クライヴに連絡を取ろうと思ったこともなかったけれど。

「どうした？　その肉、口に合わなかったか？」

「わわわ、そうじゃないんですよ。やだー、垂れてる！」

肉の油が垂れて手についてしまっている。上手に肉を食べることのできない子供みたいだ。

みっともないな、と思いながらクライヴの手から腕を引き抜く。えいや、と残りの肉を口に入れてから、串はちょうどそこにあったゴミ箱にポイ。ハンカチを取り出して、丁寧に手をぬぐう。

「あー、歩きながらじゃ食べにくかったか。悪かった、そこまで気が回ってなかった」

「いえいえいえ！　そういうんじゃないので……、慣れてないのは慣れてないんですけど」

家を出るまで、こんな風に食べながら歩くなんてしたことなかった。

一人前の冒険者になったつもりでいたけれど、まだまだ甘かったらしい。

「なにを考えてたんだ？」

「ええと、ですね」

クライヴとの関係をどう呼べばいいか考えていたなんて、口にすることはできなかった。ちらり、と空を見上げる。

夜空には、たくさんの星がきらめいていた。今日は月が姿を見せない日だから、ますます星がきれいに見えるのだろう。

「すごく楽しいなってしみじみしてました。家じゃ、こんな風に歩きながら食べるとかしたことなかったので」

「家、か――」

「もう、家はないんですけどね。だから、ひとりで暮らしてるんですけど」

と言ってから、これでは家族がイオレッタ以外全員死んだと言っているようなものだな、と気づく。訂正しようとしたけれど、その必要もないかもしれない。イオレッタの家族はもういないのは本当のこと。ひとりで生きていくと覚悟を決めている。

「まあ、人生いろいろあるもんな」

「そうそう、いろいろあるんですよ」

うっかり口を滑らせかけてしまったけれど、冒険者は互いのことには必要以上に口を挟まないのが鉄則だ。

こう言っておけば、クライヴもイオレッタの過去について聞こうとはしない。

彼はそのあたりちゃんとわきまえているようだし、イオレッタとの距離を一定に保とうとしてくれているのもわかる。

(きっと、家に帰ったら婚約者とかいるんだろうな)

どうやら貴族の家系らしいとあたりをつけてしまえば、そのあたりのことも容易に想像できる。イオレッタには好意的――たぶん恋愛感情的な意味ではないと思う。

きっと家に戻れば決められた相手がいるから、友人としての線を越えないようにしている。

「そうだ、大砲を撃つらしいぞ。近くまで行ってみるか?」

「湖の精霊神にささげる祝砲ですね！　行きましょう」

新たな神の誕生を祝い、代官の屋敷で祝砲を撃つことになっているそうだ。クライヴが話題を変えたのに、イオレッタも乗ることにした。

＊　＊　＊

特等席である代官の屋敷に入ることができたのは、クライヴ達が彼らの悩みを解決したからである。クライヴの身分は関係ないだろう、たぶん。

代官が領主であるクライヴの顔を知らないということはないが、ここでは一冒険者として扱ってくれるように頼んでいる。

「意外と音が響くんですねぇ……」

祝砲の音を間近で聞いたイオレッタは両手で耳を覆った。大きな音で、耳の奥がキーンとなったようだ。

「少し離れるか？」

「いえ、せっかくの機会なので！　ゼルマにお土産話もしないといけないし！」

イオレッタの家に住み着いているゼルマとはいい関係を築いているようだ。

イオレッタはどこまでも心が広い。家にいる幽霊だって受け入れて、なんだか友情を築き始めている。それが、クライヴには不思議だ。

「ゼルマは元気か？」

「元気ですよ。また来てくださったら喜ぶかも。話し相手が私しかいないのがちょっぴり不満らしいんですよねぇ」

組合に幽霊の話し相手募集という依頼を出したら、どうなるだろうかと真顔で考え始める。レオニードが話に入ってきた。

「俺でもいいかな？　ゼルマちゃんの在り方には興味あるんだよね」

「祓うのはなしですよー。レオニードさんの宗派的には問題ないですか？」

「黙っておけばわからないさ。俺、まめに神殿に報告に行くタイプでもないし」

たしかに、とレオニードに返したイオレッタはけらけらと笑う。

「ところで、イオレッタちゃんの周囲、精霊が集まってきてない？」

「あれ？　レオニード、あなた精霊見えるんですか？」

代官が出してくれた料理に遠慮なく手を出していたタデウスが問いかけてくる。レオニードは首を横に振った。

「精霊が見えているわけではないよ。気配を感じるというか。ほら、精霊って魂だけの存在とも言えるから。これでも一応神官だからさ、そのあたりは敏感なんだよね」

魂だけの存在が、イオレッタの周囲に集まっているそうだ。レオニードの目には見えなくとも、魂の存在は感じ取ることができるらしい。

「来てますよ、たくさん。新しい精霊神の誕生を喜んでいますね。うちの精霊達も、大喜びではしゃいでいます」

そう言った時のイオレッタは、今まで見たことがないような顔をしていた。

すべてのものを慈しむ聖母のような微笑み。

精霊は自分とは縁のないものと思ってきたし、それに不満もなかった。けれど、今だけは口惜しい。精霊達がどうしてイオレッタに惹かれるのか、話を聞くこともできただろうに。

いや、違う。たぶん、イオレッタと同じ光景を見ることができないのが悔しいのだ。クライヴの目には、なにも見えない。

「クライヴはわかります？」

「魂がどうこうっていうのはよくわからないけどな。魔力が集まっているのはわかる」

魔術師としての素養を持つクライヴではあるけれど、精霊の存在を感じることはできない。でも、たくさんの魔力を持つ存在が集まっていて、それが喜びに満たされているのは感じることができる。

「精霊神の誕生――か」

ふと、口から零れ出た。あらたな神の誕生は、この国にどんな変化をもたらすことになるのだろう。

「すごいですねぇ、私達、何千年に一度の機会に立ち会っているんですよ！」

それだけ口にするると、イオレッタはまた湖の方に目をやる。その横顔に目を奪われた。

串に刺した肉を手に、タデウスがこちらににじり寄ってくる。イオレッタに聞こえないよう、彼はひそひそとささやいた。

「もし、あなたが望むなら、彼女を仲間にするというのもありだと思うんですよ」

「気持ちはありがたいが、彼女はそれを望まないだろう」

イオレッタと会話をした回数は、タデウス達よりクライヴの方が圧倒的に多い。イオレッタがひとりを好む理由までは知らないけれど、誰かと一緒に動くことは望んでいなそうだ。

「申し訳ない。余計なことを言いましたか？」

「ありがたいとは思う。だが、イオレッタの望まないことはすべきじゃない――そうだろ？それに、俺達だって、いつまでもこうしていられるわけじゃない」

精霊使いは数が少ないが、その中でも、イオレッタほど多数の精霊と意思を通じ合わせることができる者は珍しい。

もし、と考えてみる。

（もし、俺がただの冒険者だったら――）

クライヴには家を捨てるという選択肢はない。

だから、これは仮の話、ありえない話。

もし、クライヴがただの冒険者だったら、きっとイオレッタに仲間になってくれるように頼んだだろう。もちろん、イオレッタの信頼を得たうえで。

けれど、そうではないから。

この愛おしい日々も、そう遠くない未来、終わるであろうことを知っているから。

だから、今以上の関係は望まない。望んではいけない。

「そう言えば、イオレッタちゃんが精霊に好かれるのってなにかコツでもあるの？」

レオニードと会話をしているイオレッタの方に意識が戻る。

「生まれつきですよ。人間の魔力って、精霊にとってはおいしいものなんです。たとえば、子供の前に甘いケーキと激辛スープを置いたとしますよね？　ケーキに集まる子供の方が多いと思うんです」

「つまり、イオレッタちゃんはケーキ」

「そうですね。私の魔力は、精霊に好まれやすい味ってことです。子供がケーキを好きなみたいに」

精霊使いが特定の家系に多く生まれるという理由も、このあたりにありそうだ。

「それってもうどうにもならない？」

「前、聞いたことがあるんですけど、精霊の好む魔力になるためには、精霊が苦手なものは体内に入れない方がいいらしいんですよ。お酒とか激辛は苦手な精霊が多いんですって。うちの精霊も、フェオン以外は辛みは苦手です」

「んー、それじゃー無理だねー。俺、お酒も激辛も好きだからねぇ」

「レオニードさんは、そのままでいいと思いますよ？」

レオニードとの会話は楽しいらしい。いつもよりも、イオレッタの声が弾んでいることにまで気づいてしまう。レオニードの前で楽しそうなのは、ちょっぴり面白くないけれど、そんな彼女から目が離せない。

「皆さん、ありがとうございます。私を誘ってくださって——今、すっごく楽しいんですよ！」

ピカピカの笑顔でそんなことを言われてしまったら、それ以上の言葉はいらないような気がしてくる。

たぶん、自分はイオレッタに好意を持っているし、親友達はそれに気づいている。

いずれ、この生活は終わりを迎えることになる——その時、イオレッタまで巻き込みたくないと思えばなおさら踏み出せない。

不意に手にしていた酒が苦みを増したように感じられる。その苦さと共に、抱えている気持ちも飲み込んだ。

第六章　迷惑なご近所さんが現れまして！

スィアに行くことのできなかったゼルマは不機嫌であった。それはもうわかりやすく不機嫌であった。イオレッタの土産話だけでは満足できなかったらしい。

「どうせ、私はこの家から出られませんよー」

と、床にうずくまって床を撫でまわすのはやめてほしい。必要以上に良心の呵責《かしゃく》を覚えてしまうので。

「ゼルマちゃん、いるー？」

「ふわ、私は天には還りませんからねっ！」

と、花を抱えてやってきたのはレオニードである。その後ろには、タデウスがいた。ふたりの後ろにクライヴの姿を捜すものの、そこに彼の姿はない。

「還らなくてもいいんだけどね、って俺が言っちゃうのは問題だけど、今のところ悪霊化してる気配はないし、今のままでいいんじゃない？」

「なにが悪霊化してる気配よっ！　私はいい幽霊ですからねっ！」

「というわけで、これどーぞ」

と、ゼルマに渡されたのは豪華な花束であった。どうして持って来たのだろう。

ふわわ、と言ったゼルマの顔がみるみる赤くなっていく。幽霊も赤面するものらしい。

「ゼルマさん、こちらもどうぞ」

タデウスが渡したのは、クッションカバーであった。そう言えば、ゼルマの部屋にクッションを飾ったのだと教えたような記憶もある。

ゼルマも一室使っていて、そこを可愛く飾りつけるのが最近の楽しみなのだそうだ。

「ゼルマの部屋に飾っといたらいいんじゃない？」

「そ、そうしましゅ……」

イオレッタに言われたゼルマは、ぷしゅ、と頭から湯気が出そうな顔で、ふらふらと扉の方に向かう。そのまま扉をすり抜けようとし、プレゼントの存在を思い出したらしく止まった。

ゆっくりと見えない手で扉が開かれ、ゼルマはそのままふらふらと出ていく。

パタリ、と扉が閉じられた。

「ゼルマちゃんは、どんどん力をつけてるねぇ」

「あ、やっぱりそう思います？　私もそう思ったんですよ！　前よりくっきりはっきり見えるなって」

イオレッタがこの家に来たからだろうか。前は背後が透けていたのだが、最近そんなことはなくなってきた。

「やっぱり、精霊に近くなりつつあるんだろうね。イオレッタちゃんの魔力とも相性がよさそうだし」

「なんとなく、そんな気はしてました！」

イオレッタの魔力は、精霊にとっては非常に心地いいというかおいしいものなのだそうだ。人間の身体というものは、常に微少の魔力を放出している。

その魔力だけでも心地いいみたいで、庭には多数の精霊が訪れている。イオレッタの魔力で力が戻ってきているとゼルマは言っていたから、どんどん精霊化しているというのもわかるようなわからないような。

「ゼルマさんもそのうち神様になるかもしれませんね」

と横からタデウスが冗談交じりに口を挟む。

「たしかに」

湖の大精霊は、今では精霊神になったと公開されている。精霊神を目当てに来る観光客で、スィアの町は、今まで以上に栄えているそうだ。

「でも、珍しいですね。おふたりで来るなんて」

「クライヴは他に用事があるんだよねー」

「こっちに合流するとは言ってたんですが」

と話をしていたところで、呼び鈴が鳴った。遅れてやってきたクライヴである。

「悪い。遅くなった。これ、ゼルマに土産な？」

「ありがとうございます……って、今日は皆さんゼルマに気を遣うんですね」

今、クライヴが持ってきたのは、ガラス細工の動物であった。犬と猫。窓際に置いたら、きっとキラキラと輝くのだろう。可愛い。

「なにかあったんですか？」

「ちょっとイオレッタに頼みがあってな……今日はすぐそこだから泊まりじゃないんだけど、イオレッタが出かけるの、ゼルマは嫌がるだろ？」

薬草の採取や治療所での仕事以外でイオレッタが留守にするとなると、毎回ゼルマは大暴れである。

土産を買ってくるだの、土産話をたくさん用意するからだのといろいろなだめて家を出るのが毎回のこと。

三人とも、そのあたりのことをしっかり学んでいるらしい。さすがB級冒険者――は関係ないか。

「うちの子がわがままですみません……！」

ついうっかり謝罪してしまった。別にゼルマの保護者というわけでもないのに。

「今日は、組合の治療所に入る予定もないし、話を聞くぐらいならしますけど？」

イオレッタの言葉に、三人は顔を輝かせる。

今日は一日、のんびりするつもりだったから、まだ、予定は立てていない。頼みがあるというのなら、まずは話ぐらいは聞こうではないか。

お茶をいれようと踵《きびす》を返しかけたけれど、クライヴの次の言葉で動きを止めた。

「助かる！　あのな、国境にドラゴンが出た」

「はい？」

助かる、はわかる。だが、そのあとなんて言った。

ドラゴン？　国境に？

「大変じゃないですか！　国境ってすぐそこですよ！」

思わず大きな声が出た。ドラゴンなんて、めったに出現するものではない。

魔物内の権力争いにおいて、最上位にいるのがドラゴンだ。何百年どころか何千年も生き、人の言葉を解し、丈夫な身体と豊富な魔力から遠慮なく攻撃魔術を放ってくるというアレ。

おまけに、基本的に空を飛べるのだからもっと始末に負えない。依頼の遂行中、ドラゴンに会ったら、すかさず回れ右しろと言われるほどの魔物だ。

当然、魔物退治の対象ではあるのだが、ドラゴンにおいては知能が高いというのがひとつの解決策となる。ドラゴンの要求を満たすことができれば、必ずしも悪い方向に話が進むわけではないというのもまたよく知られた話。

ドラゴンもいろいろいて、キラキラとしたお宝を欲しがるもの。話を聞いてもらうだけで満足するもの。生贄《いけにえ》を求めてくるもの（当然、討伐対象）もいる。

人間との命をかけた果たし合いを好むものすらいる。どんな願いを持つ個体が来ているのかは、聞いてみなければわからない。

「そういうタイプなら、この町まで来る前にひとりかふたり攫《さら》ってると思うぞ」

イオレッタの心配をクライヴは一蹴した。

とはいえ、ドラゴンが生贄に若い娘を要求するというのもまたよく知られている事実である。餌としてではなく、番《つがい》として。

他の種族に姿を変えることができるレベルまで成長したドラゴンならば、他の種族との間に子をなすこともできるそうだ。

「それで、どうしてここにきたんです？」

「イオレッタは精霊と話ができるからな。ドラゴンの様子を遠くからうかがうのに向いてるだろ？」

「あー。湖の精霊神と同じパターンですね」

頼られれば悪い気はしないのがイオレッタである。

たしかにドラゴンと会話をするのに、相手が友好的なのかそうではないのかを先に確認しておくのは必要だ。

精霊達ならそのあたりもなんとなく察することができるだろう。ドラゴンと対話もできるかもしれない。

「お出かけ？」

「わっ！」

落ち着きを取り戻したゼルマが、天井から逆向きに生えていた。イオレッタはだいぶ見慣れた光景なのだが、『ニバーン』の面々は初めてである。

タデウスが腰の剣に手をやりかけた。

「ちょ、だめです――！　ここで剣を抜くのはなしですよ！」

「……申し訳ない」

気まずそうに頭をかいて、タデウスは座り直した。ここはそう広い場所でもないから、剣を抜かれていたらまずかった。

「ゼルマ、あなたもはしゃぎすぎ――ちょっと出てくるね」

「どうしたの？」

「ドラゴンが、国境のあたりにいるんですって」

「……行ってらっしゃい」

今までだったら、『ニバーン』の面々とイオレッタが出かけてしまうと聞いたらじたばたと暴れていたのに、今回は思いがけないくらいすんなりとゼルマは引いてくれた。やっぱり、貢物が利いているのだろう。

「あ、これ俺からの土産な」

「ありがとー！　部屋に飾るわね」

クライヴの差し入れも、ゼルマは遠慮なしに受け取っていた。

「ちょっと待っててくださいねー。準備してきちゃうので」

今日はまだ予定を立てていなかったから、外出の準備もしていない。

「じゃあ、行きがけに組合に寄って、イオレッタも同行するって伝えておこう」

「別についていくだけだからかまいませんよ？」

「事前に言っておかないと、報酬が俺達三人で山分けになってしまうからな」

イオレッタはその点は気にしていないのだが、やはり収入はきちんと山分けすべきだ、というのが三人の言い分であった。


冒険者組合に立ち寄って事情を説明してから、ドラゴンがいるという場所に向かう。

街道を横向きにふさぎ、国境のあたりに、大きな黒いドラゴンが身体を丸めているのが見えた。けれど、イオレッタの視線はドラゴンを通り越し、国境の向こう側に向けられている。

（ずいぶん、昔のことみたい）

あの国境の向こうに育った家がある。

けれど、あの家での出来事はもう遠い過去のことみたいだ。思い出しても、胸が痛むことはない。

「……でかいな」

隣にいるクライヴの言葉で現実に引き戻される。そうだった、今は目の前にいるドラゴンの方が大事だった。

「誰に頼むのがいいかな……？」

ソムには無理だ。生まれたばかりの精霊だし、イオレッタとの契約もしたばかり。イオレッタと会話する時もまだ言葉がとぎれとぎれ。

となると、アルディに頼むか、フェオンに頼むか、それともヴァネッサか。

ドラゴンに敵意はないと思ったのか、周囲にはぼちぼちと見物客達も集まり始めている。

クワァァァッと大きなあくびをした時、周囲の人達が一斉にびくりとした。やっぱり、怖いものは怖いらしい。

さすがの『ニバーン』もドラゴンを見たことはなかったらしく、どう対応したらいいものか、迷っているようだ。

「どうやって近づいたらいいと思う？」

『話してみたら？　話のわからないやつじゃないみたいだし』

ヴァネッサを呼び出してたずねてみたら、やはり対話を提案された。やっぱりそうか。話をするしかなかったか。

「どうした？」

「あの、ヴァネッサがドラゴンと話をしてみろって……」

「それしかないか。よし、行ってくる」

「行ってくるって！」

そんな無茶な。

とは思ったものの、さっさとクライヴはドラゴンに向かって歩き始め、慌てた様子で、武器を掴んだレオニードとタデウスがあとを追う。

イオレッタもちょっと迷ってついていくことにした。いざとなったら、精霊の援護もあった方がいいかもしれない。

近くまで来てみると、思っていた以上に大きい。黒い鱗《うろこ》は硬そうだ。長い首を丸めて、折りたたんだ足の間に顔を埋めている。

「寝ているところをすまないが、……そこのドラゴン。俺達と、話をすることはできるか？」

「なんだ？」

パチリ、と片目だけ開く。

対話できた！　いきなり攻撃してくるつもりはなさそうなので、イオレッタも安堵《あんど》した。

（……というか、この町の人達、クライヴさん達に頼りっぱなしなんじゃ）

と、一瞬頭をよぎったのは気づかないふり。イオレッタだって、たくさん頼っている。

「あー……、これだけ人間が多数集まっているところに、ドラゴンが姿を見せるというのは珍しい。町の者達が不安がっているので、なにを望んでいるのか教えてほしい」

「ここが気に入った」

「気に入った？」

クライヴだけじゃない。イオレッタ含む残り三人の声も綺麗にそろった。気に入ったからって、こんな街道のど真ん中に寝そべらなくても。

「ここは、精霊が多数集まっている。人間には感じられないかもしれんが、吾輩《わがはい》には心地いい空気なのだ。しばらくここにとどまるつもりだ」

「どうしましょ」

こんな迷惑なご近所さんは困るけれど、それはイオレッタがここにいるからだ。

精霊使いの魔力は、精霊にとって一種のご馳走。イオレッタが無意識に流している魔力目当てに精霊達が集まってきている。

「ドラゴンさん、お引っ越し……というわけには？　スィア湖の方にも精霊がたくさん集まっていますけど……」

こわごわと手を挙げてたずねてみる。スィア湖に集まる精霊は、ここにいる精霊の比ではない。なにしろ、精霊神が生まれた場所なのだから。

「フンッ」

と、ドラゴンは鼻を鳴らした。

「あそこは、新しい神が住まっているだろう。吾輩が、他の者の場所を奪うと思っているのか？」

そんなことを言われても。

ここにいられると、それはそれで非常に困る。

「いったん、戻るか。ドラゴンを無理やりどけるわけにもいかないしな……」

クライヴの言葉に、一同うなずく。

このあたりの人間に危害を加えるつもりはないらしいということだけは理解できた。

ならば、今すぐ排除する必要はない。『ニバーン』の面々も今の装備でドラゴン退治をするのは心もとないことでもあるし。

「どうでした？」

ロシードの冒険者組合の組合長は、事務畑から組合長になった珍しいタイプだ。

基本的に元冒険者が組合長になることが多いのは、暴れた冒険者を叩きのめすだけの腕力が必要になるからだ。

「ドラゴンは、この町が気に入ったらしい。なんでも、精霊が集まっている空気が心地いいそうだ。人間を攻撃したり、生贄を求めたりするつもりはなさそうだ」

一行を代表してクライヴが口を開く。組合長はうなって、天井を見上げた。

「そうは言ってもあのままあの場に居座られたら……」

「行商人が入ってこられなくなる可能性はあるな。危害を加えるつもりがあるのかないのか、行商人達にはわからない」

特に、ロシードは国境の近くにある。人の出入りが制限されるというのは、ロシードの人達にとっては非常に大きな問題なのだ。

町の方も、ドラゴンの出現にそわそわとした雰囲気が漂っている。このままでは、この街が孤立することになりかねない。

「んー……じゃあ、お願いして目立たない場所に移動してもらうのはどうですか？　うちの庭とか」

「おいっ！」

イオレッタが暮らしている家の庭はかなり広い。精霊もそこにたくさん来るし、あのドラゴンの大きさならたぶん入ることはできる。

イオレッタの花壇や菜園は諦めないといけないだろうけれど、この町が孤立してしまうよりはだいぶましだ。

「いや、それより組合の庭はどうだろう」

と、組合長。それはそれで問題のような。

『ねえねえ、あなたが話をしなさいよ。あなたとドラゴンの相性はいいんだから』

イオレッタの肩の上に席を占めたヴァネッサが、イオレッタの頬をつついた。

「お願いはしてみましょうよ。どこに移動するかはドラゴンさんにお任せするとして。私とドラゴンさんは相性がいいってヴァネッサが言うので、ちょっとお願いしてみます」

「そうしてみるか。頼む」

変なのとふわふわする頭で考える。クライヴに頼むと言われただけで、なんでこんなに嬉しくなってしまうのだろう。

（……馬鹿なことは考えない。クライヴさんも、仕事だからでしょ）

浮つく気持ちを懸命に抑えつける。

クライヴに頼りにされて嬉しいのは、イオレッタの勝手な気持ち。クライヴにこの気持ちを押しつけるわけにはいかないのだ。

「――ドラゴンさん、お話をさせてもらえませんか？」

イオレッタが再び声をかけると、ドラゴンは面倒くさそうに鼻を鳴らした。

「あなたがそこを塞いでいるので、人間が行き来できなくて困っているんです。少し移動してはもらえないでしょうか」

「どのくらい移動すればいいのだ？　この町から離れるつもりはないぞ」

ものすごく不満そうに首を揺らすので、イオレッタは困ってしまった。

クライヴは周囲を見回し、街道から少し離れた岩のあるあたりをさした。

「あのあたりでどうだろう？　この道を通れないと困ってしまうのだ」

「……ふむ。それはかまわないが」

ゆったりとした動作で腰を上げたドラゴンは、のしのしとクライヴの示した場所へと歩いていく。慌ててイオレッタ達もあとを追った。

「このぐらい離れればよいか？」

「ああ――このぐらい街道を離れれば人も行き来できる。助かった――ありがとう」

「なに、かまわぬよ」

なんだかものすごく鷹揚《おうよう》にうなずいているが、そもそもドラゴンがロシードに来たのが大きな問題だ。

「いつまでいるの？」

「吾輩がここにいるのがそれほど問題か？」

「人間は、ドラゴンが怖いから。あと、精霊が集まってるのって、たぶん私のせいなんですよ」

精霊師であるイオレッタの魔力を好む精霊は多い。意図して与えるのは契約している精霊だけだが、イオレッタの近くにいたいと願う精霊は多いのだ。

「私がいなくなったら、精霊も移動すると思うんですけど……今の家が気に入っているので、できることなら出ていきたくないんです」

「当たり前だ。恐れられて当然――ではあるが、そこまでする必要はない。迷惑をかけるのは本意ではないな。ならば、こうしよう」

こうしようってなにをするつもりだ。クライヴ達も慌てて止めようとするけれど、それより
ドラゴンの方が速かった。
翼を大きく広げ、頭を振ったかと思ったら、ポンっと彼の姿が消える。と、今までドラゴン
のいたところに立っていたのは、ひとりの青年だった。
イオレッタより五、六歳年上、二十代前半というところだろうか。黒の上下に白いシャツ。
シャツの胸元はボタンが三つぐらい開いていて、立派な胸板が見えている。あと、耳にも首に
もじゃらじゃらと金や銀の飾りがついている。なんだこれは、大富豪か。
「セルヴィハーノジャングリアムドヴィザーネプラムである」
「長いわっ！」
思わず全員そろって突っ込んだ。突っ込んでから気がついた。今の勢いよすぎじゃなかった
か。
幸いなことにドラゴン——セルヴィハーノジャングリアムドヴィザーネプラム——は、人間
達の突っ込みはさほど気にしていない様子だった。
「人間の言葉に直すと、天空を支配する偉大なるドラゴンの末子ということになるかな。そう
呼んでもかまわないぞ」
「それもそれで長いと思う」
とクライヴ。これまた皆の総意である。もちろん、イオレッタも。

「ならば、セルヴィハと呼ぶがいい――この姿ならば、町にいてもかまわないだろう？」

「それは助かるが――」

「なに、俺も精霊と近くで暮らすことができるというのはありがたい。町の安全については任せてもらおう」

これって、ある意味最終兵器なんじゃないだろうか。

こうして天空を支配する偉大なるドラゴンの末子――天空を支配する偉大なるドラゴンの末子セルヴィハーノジャングリアムドヴィザーネプラム――が、ロシードの一員に加わった。

名前が長すぎるのは、『セルヴィハ』と呼ぶことで決着がつき、とりあえずロシードは落ち着きを取り戻したのである。

＊　＊　＊

ロシードにドラゴンが姿を見せた頃。

ベルライン家は、一家そろって頭を抱えていた。

「この調子では、作物の育成に影響が出ることになりそうだ」

と、一家の長であるベルライン伯爵が口を開けば、トラヴィスも重々しくうなずいた。

領主たるもの、民を飢えさせることだけはあってはならない。

イオレッタの扱いには問題しかなかったけれど、伯爵家の面々は、領主として正しい姿を守ろうとしていた。イオレッタの扱いはアレであったが。

精霊達が反抗的になっているだけではない。

このところ、どういうわけか精霊が姿を見せなくなってきたのだ。

今、契約している精霊との契約を解除し、新たな精霊と契約を結ぼうにも、精霊がいないのでは契約の結びようもない。それに、精霊が姿を減らしていることで、土地そのものに力がなくなりはじめている。

（……俺が継ぐ頃には、落ちぶれていたなんてことになったら目も当てられないからな）

トラヴィスもまた、領主一家の者として勤勉であろうとした。彼の姿勢も違ってはいない。

イオレッタの扱いがアレだっただけで。

「だったら、お野菜はどこかから買うしかないわよね？　国内で売ってくれるところはあるかしら？」

おっとりとシャロンは首を傾げる。

シャロンもまた、民を飢えさせてはならないことぐらいきちんと心得ている。それ以上の難しいことについては、夫に任せるべきだとも思っているけれど。

シャロンがこの家の跡取りだが、難しいことは全部トラヴィスに任せておけばいい。イオレッタを追い出して、シャロンを跡取りにしてくれたように。

なので、領地のことについて考えるのは放棄した。

「プラディウム王国に買いつけにいくしかないな。王都の大商人と直接話をした方がいい。トラヴィス、君に任せてもいいか？」

「任せてください。シャロンの夫として、ふさわしい男であると証明してみせます」

「私も、トラヴィスと一緒に行っていい？　プラディウム王国で、宝石を買いたいの」

プラディウム王国の宝石細工は、ラタント王国の女性ならば喉から手が出るほど欲しいもの。豪華かつ繊細な細工は、この国の職人ではなかなか難しい。

「そうだな。お前も経験を積むことが必要だから行ってきなさい。トラヴィスと一緒ならば、間違いもないだろうから」

「ありがとう、お父様！」

シャロンは飛び上がって喜ぶ。彼女の頭の中は宝石でいっぱいだ。トラヴィスが横で難しい顔をしているのも、まったく気にならなかった。

「そうだ。プラディウム王国に行くのなら、スィア湖に回ってみてもよろしいですか？」

と、何か思いついたようにトラヴィスが口を開く。

「スィア湖？　大精霊がいるとは聞いているが、どうした？」

「近頃、大精霊が精霊神に変化したらしいんです。それを祝って、以前より多くの精霊が集まるようになったのだと聞きました」

新たな精霊と契約しようにも、このあたりの精霊は姿を消している。だが、スィア湖に行けば、契約できる精霊と会えるかもしれない。

「そうだな。それなら全員で行こう。私も、使えない精霊は契約を解除し、新たな精霊と契約をしてもいいと思っていたのだ」

精霊使いとしての誇りにかけて、ベルライン伯爵家に一体も精霊がいないという状況になってはいけないのだ。

こうして、プラディウム王国への買いつけと共に、スィア湖に向かうことも決められたのだった。

＊　＊　＊

セルヴィハが、ロシードの住民となって、一週間後のこと。

（セルヴィハってば、すっかりこの町に馴染んでいるわね……）

買い物に出かけた帰りのイオレッタの視線の先では、セルヴィハが子供達と戯れていた。

その側にいるクライヴは、セルヴィハの相談相手といったところ。『ニバーン』の本拠地に同居しているらしい。

子供の順応力というものは恐ろしい。セルヴィハのことを最初は怖がっていたはずが、『ドラゴンになれるカッコイイおじちゃん』扱いである。

見た目はクライヴと同年代なので、セルヴィハのおじちゃん扱いを、クライヴがどう思っているのかはちょっと心配なところだ。

（まあ、私が考えてもしかたないわよね）

冒険者としての仕事はしばらくお休み。ここしばらくの間は、家の模様替えにいそしんでいる。

ソファのカバーを手作りしてみたり、クッションカバーに可愛い刺繍をしてみたり。

家を出たばかりの頃は刺繍なんてやりたくないと思っていたのだが、自分の家を飾るためならば刺繍も悪くない。

実家にいた頃、イオレッタの部屋は一番狭くて暗い部屋だったし、可愛い品なんて置いていたら、悪気なくシャロンに奪われていた。

冒険者としての装備が見つからなかったのが、不思議なくらい。なので、今は家の中を調えているのがとても楽しいのだ。

「イオレッタではないか。どうしたのだ？」

イオレッタに気がついたセルヴィハがこちらに向かって歩いてくる。急いでいるわけでもないので、イオレッタも足を止めた。

「いい香りがするな」

「はい？」

こちらに鼻をよせ、くんくんとにおいをかぐのはやめてほしい。

というか、いい香りって――。

「ああ、午前中にクッキーを焼いたからですね！」

最近では、お菓子作りをする余裕なんていうのも生まれてきたのだ。

午後のお茶うけにしようと思って、ゼルマと一緒に朝から大量のクッキーを仕込んでいた。

「食わせろ！」

「セルヴィハさん、甘いものなんて食べるんです？」

「食うぞ。吾輩はなんでも食う。人間の食い物はうまいな。特に『唐辛子の女王』とかいう店の料理はうまかった」

セルヴィハがあげたのは、最近できた激辛料理の店だ。

イオレッタは一度も入ったことがないけれど、店の中に入っただけで目が痛くなるぐらい刺激の強い料理を出すらしい。

そんな料理を出すなんてどうかしているが、世の中には刺激を好む人もいるというのだからわからないものだ。

「セルヴィハの味覚は人のものと違うからな。店で一番辛い料理にさらに唐辛子を追加していた」

セルヴィハと一緒に行ったのだろうか。クライヴは、いくぶんげんなりした表情である。

「来ていただくのはかまいませんけど。うちには同居人がいますよ？」

「かまわん。人は番と共に暮らすものだろう。吾輩も番ができたら一緒に暮らすつもりだぞ」

セルヴィハは人の世界に慣れてきたとは思うが、それでも時々とんでもない発言をしてくる。番というのは伴侶のこと。イオレッタとゼルマはそういう関係ではない。

「セルヴィハ、イオレッタの同居人は、番ではないぞ？　というか、そもそも人ですらない」

「はーん、今口説いている最中なのだろう」

いや、それは違う。まったく違う。

向きを変えて歩き出したところで、嫌な予感を覚えた。

特に勘が鋭い方というつもりもないのだけれど。足を止め、ぐるりと視線を巡らせる。

（……なんだろ）

「嘘でしょ！」

思わず口から零れた。向こう側から走ってくる馬車には、ベルライン家の紋章がついているではないか。

この町は国境の地にある。人の行き来が多いのは理解していたけれど、まさかベルライン家の人達がここを通るとは思ってもいなかった。

（私……私を捜しに来たわけじゃないよね……？）

家を出ていけと言ったのは、あの人達。今さらイオレッタも戻るつもりはない。

きっと通りがかっただけだ。だって、ここは国境。誰が行き来していたっておかしくない。

懸命に自分にそう言い聞かせるけれど、手のひらが冷たい汗をかいている。

「どうした？　家に行くのではなかったか？」

立ち止まってしまったイオレッタの顔を、セルヴィハがのぞき込んでくる。彼に返す言葉を持たなくて、ただ、手のひらを彼の方に向けて大丈夫だと合図する。

「セルヴィハ、イオレッタは具合が悪そうだ。とりあえず、家に連れ帰ろう」

クライヴの声にのろのろと顔を上げる。その時には、ベルライン家の馬車は姿を消していた。

（私には気づいてなかったみたい……よかった）

ちらっと見えた限りでは、御者も見たことない人だった。イオレッタの顔は知らないだろう。

大丈夫だと安堵したら、いくぶん落ち着きを取り戻してきた。

（馬鹿みたい。家族にあんなに怯《おび》えるなんて）

いや、元家族、だ。

捨ててきたはずなのに、あの馬車の中に元家族が乗っているかもしれないと思っただけでこんなにも動揺してしまった。家族の一員として認めてもらいたかったという想いが、まだ残っていたとでもいうのだろうか。

イオレッタの容姿は、特に目立つようなものでもない。庶民の服を着ていれば、庶民の間に紛れるのは難しくない。

きっと、あの人達も気づいていない——気づいていたところでなんだっていうのだろう。あの頃とは違い、ちゃんと対抗できる手段も持っている。

「歩けないようなら担ぐぞ？」

「お気持ちだけいただきますね。ゼルマにお茶をいれてもらいましょう」

クライヴの担ぐ発言で、少し心が軽くなる。

ふたりとも、まだ心配そうな顔をしていたけれど、大丈夫。

セルヴィハを連れて帰ると、ゼルマは大騒ぎだった。最初にドラゴンが姿を見せたと聞いた時は興味なさそうだったのに。

「ドラゴンになったところが見たいわ！　話には聞いていたのよ！　見たい！　見ーたーい！」

「ここではちょっと無理だと思うのよ……！」

人の姿になったセルヴィハはたしかに美形だと思う。

ドラゴンになったところが見たいというのも理解できなくはない。ゼルマの場合、家から一歩も出られないからなおさらだ。

「見せてやってもよいが、この家が壊れるぞ」

「この家借りものだからやめて！　せめて庭で！」

イオレッタとセルヴィハのやりとりを聞いていたクライヴが噴き出した。

「なにが面白いんだ？」

口調に理由によっては、この場で騒ぎを起こすぞという気持ちがこもっているセルヴィハの声音。

「いや、セルヴィハがすっかり馴染んでいるなと思って」

「人の町で暮らすのだから、馴染む努力はすべきだろう」

ドラゴン、ってそういう気遣いをするのか。セルヴィハのことを、迷惑なご近所さんだなんて思って申し訳なかった。

「ゼルマ、お茶をお願いできる？　セルヴィハさん、クッキーも用意しますから」

ドラゴンを見るのはあきらめたゼルマの分も合わせて紅茶は四人分。クッキーは大皿にどんっと出す。

「おお、これがクッキーか！　うまそうだな！」

セルヴィハは、大皿を自分の前に引き寄せて抱え込んだ。その手をぺちりとイオレッタは叩く。

「ひとり占めはよくありません」

「これが吾輩の分ではないのか？」

「違います」

人間の姿になっても、ドラゴンの胃袋は鉄壁のようだ。むぅと唸《うな》りながら、セルヴィハは皿を押し戻す。

ちゃんと皆で食べる気になったのだと安堵したのは早かった。

「うまい、これは絶品だ。特に茶色の粒がいい」

「それは、チョコレートです。そしてセルヴィハさん、お皿ひとり占めにしてます」

一度は離した皿を、再び自分の前に引き寄せてしまう。嘆息したイオレッタは、一度厨房へと戻った。

「これは、クライヴさんと私の分ですからね！　こっちには手を出しちゃだめですよ」

別皿を自分とクライブの間に置く。

「悪いな」

「いえ、ひとり占めするセルヴィハさんが悪いんです」

なんて会話も、セルヴィハの耳には入っていないらしい。

「や、うまいぞ。セルヴィハが抱え込みたくなるのもわかる――いや、俺はやらんが」

冗談交じりにじっとりとした目で見てやったら、クライヴは慌てて手を横に振る。クライヴの口にも合ったのならよかった。こんなたわいもないやりとりに胸が騒ぐ。

結局、イオレッタが午前中に焼いたクッキーはほぼすべてセルヴィハの胃におさまってしまった。

近所におすそ分けしても、しばらくもつであろう量は焼いたのに。

「セルヴィハさん、食べすぎです。もうありませんよ？」

「もうない？　しかし、だな――まだ足りない」

ドラゴンの胃袋、鉄壁すぎではないだろうか。セルヴィハは空っぽになった大皿を見て、うなだれている。

「お店に行けば買えますよ。私と違う味のものが」

「わかった。買ってくる！　そなた達の分も買ってきてやる。すべて食らいつくしたのは、群れの長としては情けない所業だからな」

「……え？」

セルヴィハの群れの一員になったつもりはまったくないのだけれど――と思う間もなく、風のように出て行ってしまった。

「買い物、できるのかしら……？」

ドラゴンは賢いから計算という意味では問題ないだろうけれど、そもそも人間の通貨を持っているのかどうかというところで大いに疑問だ。

慌てて腰を浮かせかけたら、クライヴに座るよう促された。

「あいつ、冒険者として組合に登録したんだよ。一応C級からスタートってことになってるが、もういくつか依頼を片付けた。買い物のしかたも教えてある。ひとりで買い物ができるのも確認済みだ」

ドラゴンである以上、人間よりずっと強い。たぶん、強さだけで言えばA級より上だ。

けれど、ドラゴンが冒険者組合に所属するというのも前代未聞だし、そもそも論として人間の基準ではかってもいいのかというところもある。

というわけで、C級で登録し、そこから順に昇級していくということで話がついたそうだ。

「知りませんでした」

セルヴィハが冒険者組合に所属しているなんて、ぜんぜん聞いていなかった。近頃は、組合に行く用事もなかったので噂を聞く機会もなかったといえばなかった。

「具合はどうだ？」

セルヴィハが留守にするのを待っていたのかもしれない。クライヴがそっと声をかけてくる。

「すみません、気を遣わせちゃったみたいで」

「いや、いいんだ。ただ、イオレッタがあんな顔をするなんて初めてだったものだから」

あんな顔って、どんな顔をしていたのだろう。クライヴの顔を見ていられなくて、視線を落とす。

「あ、いや、責めてるわけじゃない。心配だっただけだ」

「ちょっと、ね。過去を思い出してしまって……それだけです」

「わかった」

冒険者達にとって、互いの過去に触れないのは暗黙の了解だ。クライヴもその点はちゃんとわかっているようで、深く追及はしてこなかった。

大丈夫。イオレッタはひとりじゃない。

この町にすでに居場所を作り始めていることを、改めて胸に刻んだ。

＊　＊　＊

セルヴィハと並んでイオレッタの家を出る。

そう言えば、セルヴィハともいつの間にか自然に会話するようになっていたな――と思いながら、隣に顔を向けた。

「この町にだいぶ慣れてきたみたいだな」

「おかげさまでな。イオレッタの家も居心地がよかったな」

セルヴィハにとっては、精霊が集まっているから居心地のいい家なのだろうが、クライヴにとっては違う。イオレッタがいるから、居心地がいいのだ。

なんて言ったところで、間違いなく彼女を困らせるだけだろうけれど。

「前から気になってたんだが、お前、この町でなにしてるんだ？　王の子は、王の家に住まうものだろう？　イオレッタと番というわけでもなさそうだし」

「番って！」

「違うのか？　お前はイオレッタの番になりたいのだとばかり思っていたが」

「それは……」

レオニードとタデウスにもイオレッタへ想いを寄せているのではないかと指摘されたことがあるが、今の関係を崩すつもりはないのだ。いずれ、王宮に戻らねばならないのならなおさら。

（俺は、王宮に戻りたいのか――？）

王座に対する野望はあるのだろうか。そう、自分自身に改めて問いかけてみる。答えは否、だ。

自分よりも兄の方が適任者だ。兄が望んでくれれば手を貸すが、きっとそんなこと望んでいないだろう。

「まあいい。俺がここにいるのは、余計な争いを生まないため、だな」

クライヴにそのつもりがないとはいえ、それを貴族達が真正面から信じなければならない理由もない。いや、信じているとか信じていないとか、そんなものはどうでもいいのだ。

大切なのは、クライヴが王座を狙うには遠い地で生活すること。そして、できることならば王宮には戻らないこと。

成人前に一度世間を回り、見聞を広げるというしきたりをいいことに、王宮を離れてもう何年も戻っていない。

「俺が王宮にいない方が、物事すべて丸く収まるんだ。それなら、そうすべきだろう？」

セルヴィハがどうして、クライヴの血筋に気づいたのかは考える必要はない。ドラゴンには不思議な力がある。それで十分だ。

「――お主の言うことも、イオレッタの言うことも難しくてよくわからない。人間というのは、吾輩が思っていたより難解な存在らしい」

「ドラゴンなら、今まで多数の人と会って来たのではないか?」

「そうでもないな。吾輩のところまで来ようという者もほとんどいなかったから。前回人と会話したのは三百年ほど前だったか」

それでは、人の世も大いに変化しているはず。その割には、人の世に馴染むのが早い。

「お主はイオレッタが気にならないのか?」

「そうだな、気になると言えば気になる」

セルヴィハの前で、取り繕ったところでどうしようもない。素直に口にすると、ドラゴンは鼻を鳴らした。

「まったく、お前達ときたら。まあいい、イオレッタは任せるぞ。あれは貴重な存在だ」

「任せるって……」

そんなことを言われても。いや、イオレッタが困っているというのなら手を差し伸べるのは当然のことなのだが。

(……そもそも、イオレッタとの関係をどう呼べばいいのかもわからないしな)

クライヴの方はイオレッタに好意を持っている。彼女にも嫌われていないと思う。

——けれど。

イオレッタとの関係には、どんな名前をつければいいのだろう。今のままが一番いい。互いのためにも、今はうかつに踏み出すことはできないのだ。

第七章　二度と家には帰らないと言ったらどうするの？

ベルライン家の馬車を見てから三日後のこと。

嫌な予感は覚えたものの、きっとイオレッタが過敏すぎたせい。あの人達が、イオレッタのことを気にかけているはずもない。

今度馬車を見かけたら、隠れてしまえばいい。気づかれたところで、きっと大ごとにはならないだろう。

そんなわけで、久しぶりに薬草の採取に出かけた。組合に戻って精算しようとしていたところで、組合長に呼び止められる。

「イオレッタ、しばらく、こちらには来ない方がいい」

「どうしたんですか？」

「王族がこちらに来るんだ」

王族という言葉に、思わず眉間に皺を寄せる。できれば、関わりたくない人種だ。わかった、とうなずいたけれど、来ない方がいいという理由はわからない。組合長はさらに続けた。

「精霊使いは貴重な存在だろう？　若い女性ともなると、王族に目をつけられる可能性も高い」

「……なるほど」

過去はともかく今のイオレッタは平民だ。

平民のイオレッタに王族が目をつけたとなると、そのあとあまりいい展開にはならないだろうなというのは容易に想像つくわけで。

「王族の横暴な要求についてはつっぱねるつもりだが——その、自由恋愛と言われてしまうと、こちらは口を挟めない。いや、イオレッタがそれでもいいから王族と会ってみたいというのであれば、無理強いはできないんだが」

「やめときます」

王族に目をつけられたら、王宮に連れていかれて力を振るうことを要求されるだろう。

イオレッタはたしかにそれなりの力を持っているけれど、王族がその気になれば平民ひとりつぶすことはたやすい。専属契約をしたとか王族と恋に落ちたとか言い訳して、強引に冒険者組合から引き抜く手段もきっといろいろとある。

（……面倒なことになりそうなら、この町を出ていくという手もあるけれど）

できればそれはしたくない。

ここから離れるとなると、ゼルマを置いていくことになるし——それだけじゃない。クライヴ達とももう会えなくなってしまう。

王族がロシードを去るまで、しばらく離れていた方がいいのならそうした方がよさそうだ。

「それで正解だな。スィア湖の方に行ってみるというのはどうだ？　王族はセルヴィハに会いに来るそうだからな」

「わかりました。そうします。精霊神様にご挨拶するっていうのもありですよね」

スィア湖の精霊神は、最近神となった精霊だ。

祠はたいそうお気に召したそうで、湖は前にもまして豊かになったという話。

「そうだな、そうしてもらえると俺としてもありがたい」

「ご忠告、ありがとうございます。ゼルマには申し訳ないですけど……」

あいかわらずゼルマは家から一歩も出ることはできない。

以前は出かける度に文句をつけてきたけれど、最近では落ち着きを取り戻しつつある。

『よく考えたら、生きている時もそんなに外に出たいタイプじゃなかったわ……』

というのは、ゼルマの言葉。

今の環境も、慣れてしまえばそれほど悪いものでもないそうだ。その代わり、イオレッタが長期にわたって留守にするのはとても嫌がる。

(セルヴィハさんに、ゼルマの相手をしてもらおうかしら……？)

セルヴィハが来てくれたら、ゼルマも退屈はしないですみそうな気がする。王族との会談を終えたあとなら、きっとゼルマも楽しめるだろう。

このところばたばたしていたし、スィア湖でのんびりするというのも悪くはない。

とは思ったのだけれど、その判断を、すぐに後悔することになってしまった。

イオレッタは馬車を持っていないから、『ニバーン』の馬車を借りられないかと頼みに行ったら、なぜか彼らも同行することになった。

Ｂ級冒険者なら、王族や貴族に会っても問題なさそうなものなのに――とはいえ。

（三人とも、貴族の家系って感じだものね。顔を合わせたくないのかも）

イオレッタが気にしてもどうしようもないので、彼らが同行してくれるというのならありがたく受け入れよう。

それはともかくとして、王族が会いに来るというセルヴィハまで来てしまうというのはどうなのだ。

「本当に、セルヴィハさんまで一緒に来てしまってよかったの？」

「かまわん。人間の王族に会うのも面倒だ」

面倒って――言い方はどうかと思うがわからなくもない。イオレッタ自身、面倒だ。

御者台にはタデウス、幌をかけた荷台に残りの面々が座る。

「スィア湖までは、半日かかるんだろ？　吾輩の背に乗って行くか？　一瞬でつくぞ」

「それはちょっと」

セルヴィハの背に乗って空を飛ぶという提案に心惹かれなかったわけではないけれど、セルヴィハ目当ての王族に気づかれたら面倒なことになる。

というわけで、天下のドラゴン様も馬車に乗ってゴトゴトと移動である。

「飛んだ方が速いのにな――」

「セルヴィハさんだけ、先に行ってもよかったんですよ？」

「な、そなた、吾輩を仲間外れにするつもりか？」

「いえ、そんなつもりはなかったんですけど！」

ゆっくりと進む馬車の中、セルヴィハはいくぶん不満そうであった。

イオレッタの差し出したクッキーをもしゃもしゃと食べながらも、その不満を隠すつもりはないらしい。

「こういう不便も楽しめないと、人間に交じって生活するのは難しいぞ」

「わかっておる。吾輩は、人間と生活するのは初めてだからな！　ただ、飛んだ方が速いのではないかと思っただけだ」

クライヴの言葉に、セルヴィハは座ったまま器用にふんぞり返る。

（人に交じって生活する、か――）

実家にいた頃、イオレッタの世界は極端なふたつに区切られていた。

存在を否定されている貴族の娘として家族に虐げられている生活と、ぎりぎり一人前と認められていて、細々と生計を立てている冒険者としての生活と。

このふたつは混ざってはいけないものだった。混ぜるつもりもなかった。

屋敷を出る時は慎重に、そして屋敷に戻る時も慎重に。家族は、誰もイオレッタの二重生活に気づいていなかった。

家を出て、ゴルフィアで暮らして――思いがけずロシードまで移動することになって。そして、ようやく息をついてもいいように思えた。

冒険者として活動していたから、ある程度慣れていたつもりが、自分は全然だめだったのだと思い知らされたのも彼らと出会ってから。

今の生活がとても愛おしいからこそ、下手な行動はとることができない。

ベルライン家の馬車を見た時、過去に捕まったような気がした。でも、それは気のせいだ。

イオレッタはこうして、自分の望んだ人生を送ることができている。

「こっちに来るのは久しぶりですねぇ……！」

イオレッタは、大きく伸びをした。

湖の精霊が精霊神になるのを見届けた時以来、こちらに来る理由はなかったから、スィア湖を見るのは久しぶりだ。

「俺達はちょくちょく来ていたけどな。イオレッタ、まずは祠だろ？」

クライヴ達は、依頼を受ける度にこちらに来ていたそうだ。ちゃんと、訪問の度に祠にもお参りしているらしい。

「そうでした、そうでした。ゼルマから預かってきたものがあるんですよね」

ゼルマからと言いつつ、品物の指定を受けて買いに行ったのはイオレッタである。ゼルマが指定したのは、ロシードの近くのワイナリーが作っているワインであった。

なんでも、甘みが強く、飲みやすいワインなのだそうだ。

ゼルマが生きていた頃から存在していたワイナリーだそうで、自分の好きな味をお供えしてほしいという頼みだった。

（ゼルマも、いつかここに来ることができたらいいな）

今は家から出られないけれど——いつか、家から外に出て、自由に外出できるようになればいい。

イオレッタもいつまでも生きているわけにはいかないし、ゼルマにはゼルマの人生——と言っていいのかどうかは別として——があるのだし。

「ゼルマはおいしいワインだって言ってたから、精霊神様が気に入ってくださるといいんですけど」

「きっと気に入ってくださるさ」

湖の大精霊は精霊神となってからは、直接人間と言葉を交わしていない。

精霊達いわく、言葉を交わすと交わした相手が、神気に当てられて体調を崩してしまうかもしれないからだそうだ。

（変なの。なんで、こんなに懐かしい気がするんだろう——）

イオレッタはここで生まれ育ったわけではない。ここを訪れるのも三度目。なのに、湖の上を吹き抜けてくる風を頬に感じると、とても懐かしくて、涙が零れそうになる。

「すごいな。ここには、たくさんの精霊が集まっているみたいだ。俺に感じられるのは魔力だけだがな」

「そんなにすごいのですか？　私は見ることも感じることもできないのが残念ですね……」

クライヴの言葉に、タデウスは残念そうに眉を下げた。

レオニードは目に見えない魂を、クライヴは魔力を感じ取ることができる。彼らは精霊を見ることはできなくても、精霊の存在は感じることができる。

タデウスはそのあたりの能力には恵まれていないから、ここに来ても特に感じるものはないようだ。

「ああ。新たな神の誕生を祝う精霊達が集まっているんだろうな」

大精霊が精霊神になったのは数か月も前のことなのに、まだ集まっているのだろうか。イオレッタが素直にその疑問を口にのせると、セルヴィハは大きな口を開けて笑った。

「人間の時間と精霊の時間を同じに考えるのは間違っているぞ。十年ぐらいこの祝いは続くだろうな」

「そんなに！」

たしかにイオレッタと契約している精霊達とは時間の概念について話をしたことはなかった。一時間とか十日とか、時間の単位はちゃんと理解していたから、問題が起こることもなかった。なんとなく人間より気が長い気はしていたけれど、まさか十年も祝いが続くなんて。

「俺達にも、精霊が見えればいいんだけどな。魔力が集まってることしかわからん」

クライヴは少し、残念そう。

湖の上を精霊達がきゃあきゃあと笑いながら飛び交う光景はとても美しい。クライヴ達は精霊を見ることができないなんてもったいない。

「あら?」

イオレッタは首を巡らせる。イオレッタの視線の先にいるのは、精霊使いのように見えた。精霊使いは、湖に向かって手を差し伸べている。

「あの人……」

精霊と契約を結ぼうとしているのだろうか。

人間と精霊の間に契約が結ばれるか否かは、人間の持つ魔力が精霊の好みに合うか否かによって決まる。

イオレッタのように多数の精霊に好まれる魔力の持ち主はさほど多くなく、たいていの場合は一体の精霊と契約するのがやっとのことだ。

元の家でも、何体もの精霊を従えていたのは祖母だけだった。母は精霊と契約する力は持っていたものの、精霊を魔力で縛ることをよしとはしなかった。

「そっか、ここにはたくさんの精霊がいるものね」

きっと、精霊使い達の間でも、これだけの精霊が集まっているというのは噂になっているだろう。新しい神の誕生を、精霊達が契約者に教えないというのは考えられない。

（無理やり縛るんじゃなければいいわよね）

他の人と精霊のかかわり方についてイオレッタがなにか言えるところではない。皆、新たな契約者を見つけることができればいい。

「イオレッタ、ここは離れよう。精霊達がそう警告している」

「そうですね……」

セルヴィハが視線を巡らせる。彼の耳には、精霊達の声が届いているようだ。イオレッタの耳にも、同じ警告が届いている。

この場を離れた方がいい――と。

「クライヴさん達も、もう行きませんか？　精霊達がざわざわしていて、場所を変えた方がいいみたいです」

「そうか。それならそうするか」

スィア湖の周辺は、以前訪れた時よりも栄えているように見えた。湖の周辺に出ている屋台の数も増えているし、行き交う人々も数を増しているようだ。

宿に荷物を預けてから、外に出る。

「さて、なにから食うか楽しみだな」

「セルヴィハさん、お金大丈夫ですか？」

「なに言ってるんだ。吾輩はC級冒険者だぞ？　金銭感覚もちゃんと身につけているのだ」

並ぶ屋台を見たセルヴィハは、両手の指をわきわきとさせた。どうやら、鉄壁の胃袋に山ほど食べ物を詰め込むつもりらしい。

「巣に置いてあるものも、人の世界では一財産だ。屋台の食べ物ぐらい買うことができる」

「それは聞かなかったことにしておきますね。財宝目当ての冒険者が巣穴に集まったら大変だもの」

そう言えば、ドラゴンは巣穴に大量の財宝をため込む傾向にある。セルヴィハもキラキラしているものは嫌いじゃない、ということなのだろう。人間の姿をしている時も、金や銀の宝飾品で身を飾っている。

「イオレッタ、セルヴィハ、行かないのか？　最初の店はレオニードのお勧めだ」

少し離れたところからクライヴが呼びかける。

レオニードお勧めの店ならきっとおいしいだろう。

しばしばここを訪れている『ニバーン』の面々お勧めの屋台を回り、思う存分食べたり飲んだりする。

（こういう楽しみ方もあるって知らなかったな）

屋台で買い物をすることはあっても、屋台巡りをすることはなかった。今日は人数も多いし、大皿で買ったものを取り分けて食べることもできた。いろいろな味を少しずつ楽しむことができるのは、大人数で回っている時限定の楽しみだ。

さんざん飲み食いし、今日はもう夕食もいらないだろうと思い始めたのは、日がだいぶ傾いた頃だった。

クライヴがイオレッタに向けて問いかける。

「俺達は酒場に行くが、イオレッタはどうする？」

「もうお腹に入りません……先に宿に戻りますね」

男性陣はまだ食べ足りないみたいで、今度は座って飲んだり食べたりできる酒場に腰を落ち着けるつもりのようだ。

さすがにこれ以上食べたら、腹痛を起こしてしまいそう。先に宿に戻ろうと、踏み出しかけた時だった。

イオレッタの前に、ひとりの青年が立ちふさがる。彼は、イオレッタは見えていないかのように、後ろにいるクライヴに向かって声をかけた。

「クライヴ――ドラゴンはどこに行った？」

声をかけてきたのは、クライヴとよく似ている青年だった。

クライヴよりも全体的にがっしりとしている。腰には立派な剣を下げていて、いかにも腕が立ちそうな雰囲気だ。

（冒険者にしては、装備が変、かも）

イオレッタもそれなりに長期間、冒険者として活動してきたからわかる。

目の前の青年は、冒険者らしい鎧を身に着け、剣を帯びているけれど、そのたたずまいは冒険者のものとはまるで違う。上質な装備ではあるが、使い込まれた気配はまったくない。

「ドラゴン？　さあ、俺に聞かれてもな。兄上こそ、なぜ、ドラゴンを気にしてるんだ？」

兄上、と呼んだということは彼はクライヴの兄。

クライヴは次男であるということは聞いていたとなると、目の前にいるのはクライヴの家の後継者。いや、代替わりしていたら当主ということになるか。

（……あれ？）

引っかかる。なにかが引っかかる。その違和感を懸命に引き寄せる。

目をすがめたイオレッタは、クライヴの兄らしき青年の姿を観察した。銀色に輝く鎧、宝石のたくさんついた立派な剣。剣の柄頭に刻まれている紋章。

ドラゴンと鷲《わし》の横顔という柄頭の紋章は、王族にしか許されないもの。イオレッタは思わずあとずさった。

（王族……！）

そうだ、王族がセルヴィハに会いに来るのだという話を組合長から聞いたではないか。

王族が自らこちらに来てしまった。たぶん、スィア湖に向かったと誰かから聞いて、追いかけてきたのだろう。

会ったことはなくとも、隣国の王家の構成くらいは把握している。現在、プラディウム王国の王太子の名はエグバート。第二王子の名はクライヴだ。

（嘘でしょ、嘘でしょ……）

クライヴが王族だなんて、考えてみたこともなかった。

たしかに立ち居振る舞い、ちょっとした仕草。そのあたりに平民とは違うなにかが滲んでいるな、というのは感じていたけれど、貴族だろうと思い込んでいた。クライヴという名も珍しいものではないし。

クライヴを見ても、王族だと気づけなかったのには、そんな事情もあると言ったら言い訳になってしまうだろうか。

クライヴは平然として、エグバートに対応している。

「ドラゴンに会ったらどうするつもりなんだ？」

「ドラゴンを見かけたら、退治するに決まっているだろう？　悪しき存在なのだから」

「――は？」

思わず低い声が漏れた。

なぜ、エグバートは、ドラゴンを悪しき存在と決めつけているのだろう。

「セルヴィハさんは、悪しき存在なんかじゃないですよっ！」

イオレッタは思わず前に飛び出した。

セルヴィハは大切な友人。その彼を悪く言われて、許すことなんてできるはずなかった。

「そこの女、邪魔をするな！」

クライヴと違い、エグバートはどうやら相当気が短いらしい。立派な剣を抜いたかと思ったら、イオレッタに向かって切りかかってくる。

「フェオン！　お願い！」

『マカセテ！』

風の精霊フェオンを呼び出し、結界を張ってもらう。緑色の蝶がひらりと舞ったかと思うと、エグバートの剣は見えない壁にとめられた。

「な、なんだこれは！」

「兄上！　イオレッタには手を出すな！」

エグバートはもう一度剣を振り上げ、クライヴもまた剣を抜く。

周囲でこの様子を見守っていた人達の間から悲鳴があがった。

「クライヴさん、だめですってば！」

兄弟で剣を打ち合わせるのは非常にまずい。慌てて割って入ろうとするけれど、先に動いたのはセルヴィハだった。

「馬鹿馬鹿しい――」

セルヴィハは、ぐっと頭を持ち上げるとエグバートをにらみつける。

「お主のような弱者に、ドラゴンが退治できると思ったか？」

「セルヴィハ、悪い！　兄は俺がぶん殴ってでも王宮に戻す！　こらえてくれ！」

なにが起こっているのかまったく理解していないエグバートの前に立ちふさがるようにして、クライヴは叫んだ。

「セルヴィハさん、セルヴィハさん、落ち着いて！」

慌ててイオレッタも、セルヴィハを制止にかかる。だって、ここで王太子殺しなんてしてしまったら、それこそセルヴィハが悪役になってしまう。

「お前達落ち着け。吾輩が、そこの小物に退治されるとでも？」

「誰が小物だ！」

叫んだエグバートは、次の瞬間、剣を振り上げたまま固まった。

セルヴィハの姿が、目の前で消え失せる――かと思ったら、ザッパーンと大きな水しぶきが上がった。上から雨のように降り注いだ水で、エグバートはずぶ濡れになる。

「おお――」

感動の声が、周囲にいる人々の口から零れ落ちた。

湖から上半身を出しているのは、堂々とした体躯《たいく》のドラゴンであった。大きく広げた翼を動かすと、沸き起こった風がイオレッタの髪を揺らす。

「お主が捜していたドラゴンだ。ほれ、退治してみろ」

「だーかーらー！　待てって言っただろう！」

クライヴの声も、まったく耳に入っていないらしい。セルヴィハは、ふんと荒い鼻息を吹き出すのと同時に、首を振った。

その首の動きだけでとんでもない勢いの風が起き、巻き込まれたエグバートは、一歩、二歩、とよろめく。

あちこちから悲鳴があがり、人々が逃げ出すのがイオレッタの視界の隅に映った。

「お、おおおお、王国を滅ぼさんとする悪しきドラゴンめ！　王太子である私が、責任もって討ち果たしてくれる！」

「お前ごときでは無理だと言っているだろうに」

剣をかまえ直し、突撃する勇気があっただけいっそ褒めたたえるべきかもしれない。エグバートは思い切り振り上げた剣を、セルヴィハの足に突き立てようとした。

だが、セルヴィハはすっと前足を持ち上げ、エグバートの身体を横殴りにする。

殴られたエグバートは、勢いよく宙を舞った。顔面から地面に突っ込み、剣を取り落とす。

「い、痛そう……！」

見ているこちらの顔面までひりひりしてくる。

どう見ても、セルヴィハはエグバートをおちょくっている。

「な、なにをするっ！」

めげずにエグバートは剣に手を伸ばした。しっかり握りしめているあたり、まだ闘争心は失っていないとみえる。

「お前の腕でドラゴンを退治できるはずないだろう。ワイバーンでも苦戦すること間違いなし、だ。いや、地上をはいずるランドドラゴンでもお前の剣では傷ひとつつけることはできないだろう」

「な、なにをっ！」

今のセルヴィハの言葉で、エグバートは完全に頭に血が上ってしまったらしい。

立ち上がったかと思ったら、その勢いのまま剣を再び振り回し始める。

「このっ、このっ！」

これを見ていたイオレッタ達の心の声は一致した。

（剣を振っている方が気の毒に見える……！）

巨大化したセルヴィハの脚に剣を右から左から叩きつけているものの、鈍い音がするだけ。

まったく意味をなしていない。おそらく名剣なのだろうけれど、セルヴィハに傷ひとつ負わせることができていない。

「この――っ！」

「そこまでです。セルヴィハが鷹揚にかまえているからいいものの、下手をしたらこのあたり一面火の海になっていますよ」

なおも剣を振り回すエグバートを、背後に忍び寄ったタデウスが羽交い絞めにする。なんとも締まらない光景だ。

「吾輩はもう少し考えてから行動するぞ？　火の海にするはずないだろう」

考えなしにあたりに火事を起こす魔物と一緒くたにされたセルヴィハは不満そうである。慌ててクライヴとレオニードがセルヴィハを宥めにかかった。

その光景もまた、エグバートの怒りに油を注いだようだった。タデウスの腕を無理やり解いたかと思ったら、クライヴに向かって剣を振り上げる。

エグバートの振り下ろした剣をやすやすと自分の剣で受け止めたクライヴは、そのまま勢いよく振り上げた。エグバートの手を離れた剣が、空高く舞い上がる。

キラッと刀身が沈みゆく太陽の最後の光を反射して輝いた次の瞬間、乾いた音を立てて地面に落ちた。

「ここまでだ、兄上。セルヴィハを倒すことなど、不可能だ」

クライヴは剣をおさめて、そう言った。エグバートはますます顔を歪ませる。

「吾輩は、全知全能のドラゴンだからな！」

長い首をそらせてセルヴィハが哄笑《こうしょう》する。

せっかくクライヴがエグバートを説得しているのに、台無しだ。たしかに、セルヴィハはすさまじいまでの能力を持っているが、全知全能は言いすぎである。

「セルヴィハは、この国を守ってもいいと言ってくれているんだ。ドラゴンを紋章に抱いている国の王族が、人の言葉を解し、人と共にあろうとするドラゴンを抹殺してどうしようというんだ？」

「うるさい、うるさい、うるさい！」

クライヴの言葉も、きっとエグバートの耳には届いていない。わめく言葉も、まるで子供みたいだ。

「殿下！　こちらにいらしたのですか！」

駆けつけてきたのは、どうやらエグバートの従者らしい。走り回ってエグバートを捜していたようで、息が乱れている。

「悪いな、兄上を連れ帰ってくれ」

「かしこまりました」

わらわらと集まってきた従者達が、何事かまだわめいているエグバートを担いで去っていく。

再び、この光景を見ていた人々の心の声は一致した。

この男が未来の国王で、この国大丈夫なのか？　と。

「イオレッタ、迷惑をかけたな。剣を向けられるとは思ってなかっただろうに」

「いいえ、それはいいんですけど……」

ちらり、と視線を落とす。

クライヴがこの国の王族だったなんて、想像もしていなかった。

イオレッタと彼との間に、高い壁が一気に築かれてしまったような気がする。たしかに、貴族だろうとは思っていたけれど、まさか王子様だったなんて。

(別に、たいした問題じゃないし)

クライヴにかすかに想いを寄せていたのは否定しないけれど、まだ、恋心じゃない。だから、大丈夫。彼との関係が変わるわけじゃない。そう自分に言い聞かせる。

「あ、あの……祠にお供え物もしたし、日も暮れかけてますし……私、宿に行きますね」

「悪かった――いや、騙したつもりはなく」

一瞬にして、ふたりの間にあった空気は変わってしまった。

クライヴが、困ったような表情になる。そんな顔を見たいわけではなかった。気安い関係は、きっともう戻ってこない。

「わかってます。この国の慣習ですもんね。身分を隠して、世間を見て回る――いい慣習だと思います。外に出ないと、見えないことがたくさんありますから」

イオレッタだって、知らなかったことがたくさんある。

家を飛び出して、なんとか冒険者として生計を立てて。

まさか、自分が幽霊の住み着いているワケアリ物件の住民になるなんて想像したこともなかったし、組合の治療所にはいろいろな人が集まってくるということも知らなかった。

精霊が神に変化する時、周囲には精霊達の美しい光が満ちるということも。それを見る機会に恵まれた人々が、どれほど幸せな表情を浮かべるのかも。

ベルライン家にいたら、知ることのなかったことばかり。

だから、クライヴも外の世界を知る機会ができてよかった。

「クライヴさんはクライヴさんだし――、少なくとも、お城に戻るまでの間は、そうでしょう？」

「……ああ」

最初に壁を作ったのは、イオレッタの方。

なのに、どうしてだろう――こんなにも胸がずきずきとしてしまうのは。

飲み足りないと言っていた面々も、今のでいろいろ面倒になったようだ。

結局、宿に戻るというイオレッタと一緒に、四人とも戻ってきてしまった。

（……悪いことしちゃった、かな）

このあたりは、湖でとれる魚料理が有名だ。なにもなかったら、今頃は酒場で皆楽しんでいただろうに。

ひとり部屋にいても落ち着かない。外の空気を吸おうと、部屋を出る。

ちらり、と四人がいる方の部屋の扉に目をやってから、向きを変えた。

別に、声をかける必要もないだろう。

宿をあとにし、湖の方に向かう。すでに日は落ちていたけれど、湖にはたくさんの精霊達がいた。思い思いに空中に漂い、時々イオレッタに近づいては離れていく。

（私、変だ。クライヴさんの顔が見られない）

クライヴには、「城に戻るまでの間は、クライヴはクライヴだ」と言ったはずだった。なのに、イオレッタの方が、こんなにも身分を気にしてしまっている。

『イオレッタ、宿に帰った方がいいわ』

そうヴァネッサが声をかけてくる。イオレッタの目線の高さにシロクマが浮かぶ。水の精霊ヴァネッサは、イオレッタと契約している精霊達の中でもお姉さん格。

「ん、でもね……」

まだ、宿に戻って冷静に振る舞う自信はない。もっと早く気づいていたらよかったのに。

『イオレッタ、痛い？　お腹』

「ソムにはそう見えるのかな？　お腹は痛くないんだけど」

しゅるりと腕に巻きつき、そこから肩まで上ってきた小さな蛇が、イオレッタの頬に舌で触れる。痛いのは、お腹じゃなくて胸だ。

『でも、早く帰った方がいいと思うわよ。イオレッタの会いたくない人達も、すぐそこまで来ているもの』

ヴァネッサの忠告は、少しばかり遅かった。

「お前、なんでこんなところにいるんだ？」

すぐそこの宿から、ベルライン家の人達が出てきた。どうやら、この店に宿泊していたらしい。父、トラヴィス、そしてシャロン。

彼らはイオレッタを見て、驚いたように動きを止めた。

「……あなた達こそ」

以前、ロシードで見かけたベルライン家の馬車。翌日にはロシードを出て行ったようだったから、イオレッタも安堵していた。

――なのに、なぜ。

捨ててきた家族が、なぜここにいるのだろう。

『だから、早く戻りなさいって言ったのに！』

そんなことを言われても。ぼうっとしていたイオレッタが悪い。

『イオレッタ、命令して。あいつらやっつけろって！』

『マモルヨ、ケッカイ、イル？』

イオレッタの周囲を精霊達が取り囲んでいるのに気がついた元家族は、顔を引きつらせていた。

三体の精霊と契約していればA級冒険者と同等の扱い——なのに、イオレッタの周囲には、アルディ、フェオン、ヴァネッサ、ソム。四体の精霊が取り囲んでいる。伝説級の精霊使いを目の当たりにしているわけだ。

「お前……精霊と契約していたのか」

呆然《ぼうぜん》とした様子で、ベルライン伯爵はつぶやいた。

精霊使いとしての能力をなによりも大切にしていた人だ。家から追い出したイオレッタが、これほど多くの精霊と共にいるとは想像もしていなかっただろう。

きっと、なぜイオレッタが能力を隠していたのかについてもまったく考えていない。

「契約していたらなんだと言うのです？　私は、ベルライン家とは無関係です」

「ちょうどよかった。戻ってこい」

「……なんでですか？」

こちらを見ているベルライン伯爵は舌打ちした。

「精霊達がベルライン領からいなくなった。お前が精霊をつれているというのなら、ちょうどいい。家に戻って役目を果たせ」

どうやら、イオレッタがいなくなったことで、精霊達もベルライン領を離れる者が増えたらしい。

とはいえ、精霊師であるイオレッタがいなくても、居心地のいい場所であれば精霊は離れることはない。

それはきっと、今のベルライン領が精霊にとっては居心地の悪い場所になってしまった、というだけの話。

「戻りませんよ。私のことは恥さらしだって、そう言ったのはあなた達でしょう？」

「お前が、精霊を使えるということを隠していたからだ！　ベルライン家の娘なら、ベルライン家のために尽くすのが当然だろう。なぜ、隠した！」

以前は父と呼んだ人がイオレッタに向かって叫ぶ。

けれど、イオレッタの心は不思議と動かないまま。かつては、この人に愛されたいと願ったこともあったはずなのに。

「イオレッタ、戻ってきてはもらえないか」

次にイオレッタを懐柔にかかってきたのは、元婚約者だった。今はシャロンの夫になったトラヴィスである。

「君がいてくれないと、俺はだめなんだ」

「あら、そう」

イオレッタの冷たい視線に、トラヴィスもまた怪訝《けげん》そうな表情になった。婚約していた間の関係を考えたら、彼の言葉を信じられるはずなどないだろうに。トラヴィスの前で、愛想のいいところを見せた覚えなどない。

（私は、この人達にとってはどうでもいい存在だった。改めてそれを痛感しただけ）

トラヴィスにとって、イオレッタは『ベルライン伯爵家』に入るための手段でしかなかった。

その証拠に機会ができた途端、あっさりシャロンに乗り換え、イオレッタを捨てたではないか。

「私、ベルライン家の娘だったことありました？　なにかあっても、民の生活に影響がなければ、問題はありませんよ。領民が食べていくのも難しくなったら、考えますけれど。今のところは、そんなこともないですしね」

ベルライン家の人間がどうなろうが、イオレッタの知ったことではない。イオレッタにとって大切なのは、自分がどう生きたいのかということだけ。

「――お前！」

伯爵が、イオレッタに掴みかかろうとするけれど、イオレッタは、すっとそれをかわした。

実家にいた頃、伯爵に手を上げられたことはなかったから、彼はイオレッタの身体能力がどれほどのものなのか知らない。けれど、これでも冒険者としてそれなりに実績を積んできたのだ。

日頃身体を動かすことの少ない貴族の怒り任せの攻撃なんて、軽くかわすことができる。

イオレッタが避けたことに驚いた様子の彼は、転びそうになるのを慌てて立て直した。

「たしかに、私は精霊と繋がることができます。でも、シャロンがいますよね？　シャロンがいれば、ベルライン家は問題ないですよね？」

「――黙れ！　お前は、家のために役に立てばいいんだ！　今まで役立たずだったのを養ってやったんだ！　その恩を返せ！」

たしかに養ってもらったのは事実。一日三度の食事と、最低限の教育は与えてもらった。あくまでもそれは、婚約者に迷惑をかけないため。

家族の愛はすべて、シャロンに注がれていたというのに、なんて言い草なのだろう。

この人達にはなにも期待できない。それを改めて痛感した時、救いの手が差し伸べられた。

「そこまでだ。なにがあったのかは知らないが、無理強いはよくないだろう」

どこでこの状況を見ていたのか、割って入ったのはクライヴである。

「何者だ」

「俺か？　Ｂ級冒険者のクライヴだ」

彼は、家名は名乗らなかった。彼が名乗ったのは、冒険者としての名。

クライヴの顔をじっと見たベルライン伯爵は、それでも彼の素性に気づいたようだった。

（……なんで、助けに来てくれたの）

胸が痛い。

自分だって、貴族の家系だというのに、イオレッタはそれを隠していた。イオレッタが家族に愛されないで育ったことを知ったら、クライヴが変わってしまうような気がして。

シャロンは、目をうるうるとさせてクライヴを見ている。仮にも夫が隣にいるのに他の男性に目移りするのはどうなのだ。

トラヴィスと比較したら、クライヴの方がたしかに立派に見えるから、気持ちはわからなくもないが。

シャロンがクライヴに目を奪われていることにまったく気づいていないトラヴィスは、なおもべらべらと言葉を重ねる。

「君は俺を愛しているのだろう？　だったら、戻ってきてくれ。共にベルライン家を盛り立てよう」

「おいおいおいおいおい！」

思わず元淑女らしからぬ突っ込みをしてしまった。

共にベルライン家を盛り立てようってどういうことだ。そもそも彼がベルライン家にいられるのはシャロンと結婚したからなのに。

「戻りませんよ？　私はもう自分の足で歩いていけるんです。家にいた頃の無力な私じゃありません」

正確に言えば、家にいた頃もちょこちょこ脱走しては薬草採取の依頼を受けていた。そうしなければ、家を出された時生きていくことさえも難しいと思っていたから。

——でも、今は違う。

「組合の治療所で働いています。薬草採取でも報酬をいただいていています——生きていくのに、あなた達の力は必要ないんです。私は、ひとりで大丈夫ですから、どうかお気になさらず」

「ま、待て！」

そこでベルライン伯爵が割って入った。クライヴの顔をもう一度見つめ、そして首を横に振る。クライヴの正体に気づいていたようだから、思うところがあるのだろう。

「これ以上話しても意味がない。行くぞ」

「え？　お父様、どういうこと？」

「義父上！」

くるりと父が向きを変えて歩き始め、慌ててシャロンがあとを追う。トラヴィスはちらりとイオレッタを見たかと思ったけれど、慌てた様子でふたりのあとを追った。

「なんだか、イオレッタも大変だな」

「……事情は、聞かないんですか？」

クライヴが、同情したような顔でこちらを見る。その表情に、イオレッタの胸がちくりとした。どうしてだろう、彼の前で弱いところを見せたくないと思ってしまうのは。

「聞く必要あるか？　もし、聞いてほしいなら付き合うが」

「いえ、大丈夫です。ありがとうございます」

笑顔を作って、首を横に振る。

ひとつだけいいことがあったなら。

クライヴとの間にあった微妙な空気が、あっという間に吹き飛んでいたことだろうか。そういう意味では、生まれて初めて元の家族に感謝したのであった。

＊　＊　＊

宿に戻ったベルライン伯爵は、苦虫を噛みつぶしたような顔をしていた。

「お父様、どうしたの？　あんな冒険者達蹴散らして、あの人を連れて帰ればいいじゃない。地下室にでも監禁しておけば、問題ないでしょう？」

まるで化け物でも見たような目で、トラヴィスはシャロンを見た。なんてことを言うのだろう。

（地下室？　監禁？）

もともとトラヴィスは、肝が据わっているというわけでもない。

イオレッタからシャロンに乗り換えたのだって、シャロンから熱烈に口説かれたからだった。

いつも地味な服装をしていたイオレッタ。婚約者が会いに来たというのに、化粧ひとつしていなかった。彼に対する愛情を見せたこともなかった。

それと比べてシャロンは、いつもトラヴィスが訪れると嬉しそうに微笑んだ。上品でありながらも甘い香水の香り。真正面から寄せられる好意。
シャロンの気持ちを無下にはできなかったけれど、イオレッタが自分の婚約者であるという
ことくらいちゃんと認識していた。
ベルライン家に入り当主となるためには、イオレッタの夫にならなければいけないのだと。
だからこそ、シャロンへの恋心は完全に封印し、よき「義兄」として、いつか訪れるであろ
うシャロンの結婚の時には義兄の顔を崩さないまま送り出すつもりだった。
イオレッタのことなんて愛していなかったけれど、必要最低限の義務は果たすつもりでいた
のだ。イオレッタも同じだっただろう。
——それなのに。
『トラヴィス様、私、精霊と契約することができたの。精霊使いになれたんだわ！』
聞けば、トラヴィスのために精霊使いとなるべく努力を続け、水の精霊と契約することがで
きたのだとか。
それを聞いた時、トラヴィスの胸にあふれてきたのは、シャロンが愛おしいという気持ち。
だって、イオレッタはトラヴィスのためにそんな努力はしなかったとシャロンは言うのだ。
『これで、お父様も私とあなたの仲を認めてくれると思うの。だって——お父様がこの家に来
たのは、この家に強い精霊使いをもたらすためなのだから』
そう言われた瞬間、トラヴィスは決意した。

イオレッタではなく、シャロンと結婚しよう。伯爵もそれを望んでいるというのなら、トラヴィスにそれを断るという選択肢はないのだ。

シャロンならば、イオレッタより操りやすい。伯爵家をトラヴィスの思うようにできるという野望も、その時目覚めたものだった。

——なのに。それなのに。

精霊達と自由に触れ合っているのは、イオレッタの方だったらしい。イオレッタがいなくなったからと、精霊達がベルライン領から姿を消してしまうほどに精霊達に慕われていた。

自分の選択は過ちだったのではないだろうか。そう痛感したのは、つい先ほどのこと。

ベルライン伯爵家にいた頃には見たこともないような晴れやかな笑みを浮かべたイオレッタがそこにはいた。表情ひとつで、女性はこんなにも変わるものかと驚かされた。

身に着けているのは、飾り気のない白いシャツ。ズボンとスカートを重ねてはいていた。その上からフードつきのマント。足元だって、頑丈そうなブーツだった。

腰には短剣のようなものまで吊るしていて、貴族令嬢の姿とは思えない。それなのに、目を離すことができなかった。

『私は、ひとりで大丈夫ですから』

そう告げた時のイオレッタの強いまなざし。

なぜ、生家にいた頃にはあの表情を見せてくれなかったのだろう。それに、精霊使いとしての能力も見せてくれなかった。

　イオレッタがあれだけすごい精霊使いなのだと知っていたら、シャロンに乗り換えるようなことはしなかったのに。

　ベルライン家には強い精霊使いが必要だ――だから、イオレッタを取り戻さなくてはならないのだ。そもそも自分がベルライン家にとっては他人であることさえも、トラヴィスの頭からは消え失せてベルライン家を守ることでいっぱいだった。

「……トラヴィス様、トラヴィス様ってば！」

　不意にシャロンの呼ぶ声がして、トラヴィスは現実に引き戻された。

　ゴトゴトと走り続ける馬車の中、ベルライン伯爵は不機嫌を隠そうともせず、こちらを見ていた。

「いいご身分だな、婿殿。私の言葉をまったく耳に入れないとは」

「し、失礼いたしました……！　どうやら、旅の疲れが出たようで」

「そんなものまったくないって朝は言っていたのに。だいたい、お姉様にあんな言葉をかけるなんてどういうつもりなの？」

　思わずああ言ってしまったけれど、イオレッタにかけた言葉はやりすぎだった。シャロンは唇を尖《とが》らせた。

「すまない、シャロン……とんでもないものを見てしまった以上、彼女を放置しておくわけにはいかないと思ったんだ。言いくるめて連れ帰ればと思ったんだが……」

スィア湖は、近頃新しい精霊神が生まれたという。新しい精霊神の誕生を祝福し、多数の精霊が湖に集まっているという話も聞いた。

もしかしたら、新たな精霊と契約をする機会があるかもしれないと、王都チェスローでの取引帰りにスィア湖に回ったわけだけれど。

まさか、イオレッタがスィア湖にいるとは思ってもいなかった。しかも、一緒にいたのは隣国の王子だったと王子と面識のあった伯爵が教えてくれた。

「先ほど町で聞いたのだが、第一王子のエグバート殿下もまたこの湖を訪れたそうだ。武者修行中のクライヴ殿下とそこでひと悶着《もんちゃく》あったらしい」

なんでもエグバートは、この地を荒らそうとしているドラゴンを退治に来たのだが、クライヴによって阻まれたのだという。

「そ、それはとんでもない話ですね……！」

エグバートとクライヴのふたりがそろってこの場に来ていたということは、やはりスィア近郊は王家にとっても大切な地ということなのだろう。

「ああ——だからこそ、我々が話をする余地もあると思うのだ。イオレッタは連れ帰らねばならぬ」

そう口にするベルライン伯爵は、今まで見たことがないような表情をしていた。トラヴィスは、背筋がぞくりとするのを覚えた。

「エグバート殿下とクライヴ殿下は、不仲だというのはよく知られている話だ。エグバート殿下ではなく、クライヴ殿下を次代の王にと動く者もいるらしい」

プラディウム王国には他に何人かの王子がいるけれど、王太子の座を争っているのは、エグバートとクライヴのふたりなのだということはトラヴィスも知っている。そのぐらいのことを知らないようでは、貴族としてやってはいけない。

「クライヴ殿下を追い落とす方法があるとなれば、エグバート殿下に協力をお願いすることもできるはずだ」

「さすがだわ、お父様。トラヴィス様もそう思うでしょう？」

「あ、ああ——そうだね。シャロンの言う通りだ」

今朝までは、トラヴィスの行く道は明るい光に満ちていたはずだった。

いきなりその道から脇道にそれ、泥船に乗せられている。そんな気がしてならないのはなぜだろう。

いや、とトラヴィスは首を横に振った。いずれにしても、もう降りることはできないのだ。

一度、ベルライン伯爵の手を取ってしまった。だから、トラヴィスだけ途中下車だなんて、できるはずはない。

＊　＊　＊

「なんなんだ、あいつは！　クソ！　偉そうに！」

スィア湖でクライヴと再会してから五日。

いまだにエグバートの怒りはおさまってはいなかった。

エグバートの方が先に生まれたというのに、クライヴはエグバートを敬ったことは一度もなかった。

学問も剣術も乗馬も。エグバートが苦労して身につけたそれを、クライヴはやすやすとこなしていく。

「天才だ」と父の招いた教師達がクライヴを褒めたたえているのを何度聞かされたことだろう。

この国の王太子はエグバートだというのに。

エグバートもさほど出来が悪いというわけではなかった。クライヴがいなければ、十分称賛される対象であった。

クライヴに負けたくなくて剣術の訓練を重ねて鍛え上げられた体躯。若い女性の中には怖いという人もいるかもしれないけれど、エグバートのことを好ましいと思う女性も同じぐらいいるだろう。

王家の特徴である金髪と琥珀の瞳を持つ整った顔立ち。はなはだ不愉快ではあるが、顔立ちそのものは弟とよく似ている。

もし、クライヴが弟ではなかったら。エグバートもまた、十分称賛されるに値する存在であった。

彼の不幸はクライヴが弟であったこと。そして、自分が人生の敗者であるという意識を自ら埋め込んでしまったこと。

もし、もう少し冷静であったなら、クライヴがエグバートに対して年長者は立てるべきという基本を忘れてはいないのに気づいただろう。

弟に生まれたのだから陰に徹し、国王を支える存在でなければならないと自らに課しているということも。

けれど、エグバートは気付けなかった。いや、最初から気付くつもりもなかった。彼の目には、クライヴは王位を簒奪《さんだつ》しようとしてるようにしか思えなかった。

クライヴが罪を犯せば、王位継承権者から外される。そうしたら、誰もクライヴに王位をなんて言い出さないだろうに。

——それなのに。

王位継承者の地位を安泰にしようと向かったドラゴンの住まう地に、どういうわけかクライヴは先回りしていた。それだけではなく、人々のために悪しきドラゴンを退治しようとしたエグバートをあざ笑い、恥をかかせようとした。

城に逃げるようにして戻ってきたが、父からも「ドラゴンには手を出すな」ときつく言い渡されてしまった。

カリカリカリカリ……部屋の中に響くのは、エグバートが爪を噛む音。こんな癖、子供の頃に直したと思っていたのに。

「――殿下。面会の者が来ております」

「予定はなかっただろう？　帰らせろ」

「それが――ラタント王国のベルライン伯爵と申しておりまして。クライヴ殿下にかどわかされた令嬢を助け出してほしい、と」

「かどわかした？　クライヴが貴族令嬢を？」

侍従の言葉に、思わずエグバートは立ち上がる。

クライヴが隣国の貴族令嬢をかどわかした。もし、それが真実なのだとしたら――今度こそ、クライヴを追いやることができる。いや、真実ではなくとも、利用することはできる。

「――通せ」

面会のための場に向かうと、そこにいたのは三人の男女であった。夜会の場で一度だけ顔を合わせたことのあるベルライン伯爵。

そして、その後ろに控えているのは、娘だろう。となると、その横の若い男は、娘の婚約者か夫というところだろうか。

「顔を上げよ」

そう命じると、やけにこちらに視線が突き刺さってくる。視線を発しているのは、ベルライン伯爵の娘であった。たしか、ベルライン家の後継者はイオレッタ。ということは、あの娘がイオレッタということか。

「——ベルライン伯爵、それにイオレッタ嬢——か。隣の者は、イオレッタ嬢の婚約者だな？」

「いえ、殿下。こちらは次女のシャロンでございます。クライヴ殿下に連れ去られたのがイオレッタでございます」

耐えられない、というように伯爵は視線を落とした。

なんでも彼の話によると、イオレッタは行方不明になったらしい。秘密裏に捜していたところ、クライヴと一緒にいたのをたまたま発見したというのだ。

「なんと。伯爵家の後継者を誘拐したというのか？」

「はい、恐れながら」

イオレッタは、ベルライン家の後継者としてふさわしい有能な精霊使いであるらしい。

優秀な精霊使いを我がものにしようとしたクライヴは、イオレッタをそそのかして行動を共にしているのだと伯爵は続ける。

「おそらく、娘は殿下の素性も知らずに連れ出されたのでございましょう——冒険者として働いているようで、粗末な衣服を」

娘が落ちぶれた姿を思い出したのか、伯爵はハンカチを目に当てた。エグバートもまた思わず拳を握りしめる。

「なんて非道な！　わが弟ながら鬼畜の所業と言う他はあるまい」

貴族令嬢に、冒険者としての生活を強いる。

エグバート自身、家を離れて生活していた時期がある。この国の風習であるし、納得して受け入れたけれど、冒険者としての生活は耐えがたかった。行動を共にしてくれた側近候補達も、二度とやりたくないとげんなりしていた。

そんな生活を貴族令嬢にさせているなんて、とんでもない話だ。国家間の問題に発展しかねない。

「弟の所業、兄として詫びよう。そなたの娘を助けるためにはどうしたらいい？」

「なんと！　殿下の寛大なお申し出に感謝いたします――」

目の前で深々と伯爵は頭を下げる。彼の様子にエグバートは満足した。この男とベルライン家を上手く利用すれば、クライヴを蹴落とすことができるかもしれない。

これは好機だ。

もし、この時。エグバートがもう少しだけ慎重だったなら。

伯爵の言い分には、いろいろとおかしなところがあるのに――いや、おかしなところしかないのに気づいただろう。けれど、彼は目を背けた。見ないふりをした。

自分がクライヴに負けているという事実を認めたくなかった。クライヴを追いやる機会を逃したくなかった。

「新しい精霊と契約し、娘を取り戻そうと思います」

「それなら、いいものを渡そう。スィア湖に行くのだろう？　精霊を集める香をやる。多数の精霊を集めれば、もう一体ぐらいは契約できるだろう。ご令嬢を救うのに役立てばいいのだが――俺は、クライヴを拘束する準備をこちらで進めておく」

彼らの言葉が事実か否か。その点からは目を背けた。大切なのは、クライヴを蹴落とすことなのだ。

第八章　私は精霊使いじゃなくて精霊師です！

伯爵達との再会に、動揺しすぎたかもしれない。翌日には家に戻ったし、あれから数日が過ぎたけれど、いまだに落ち着かないことこの上ない。

（というか、むしろあれからクライヴさんの顔が見られないんだけど――！）

思えば、いつだってクライヴはイオレッタを守ってくれた。

最初の出会いから、現在までずっと。

組合で冒険者に絡まれた時には、すぐに助けに来てくれたし、実家に連れ戻されようとしたイオレッタも守ってくれた。

（私が、まだ、伯爵家の娘だったらよかったのかな）

そうしたら、まだクライヴと釣り合いがとれたかもしれない。

あの家のことは忘れると決めたはずなのに――なのに。

だめだめ、考えたって意味はない。あの家を捨てると決めたのはイオレッタ自身。未練がましいことを考えたってしかたない。

「あなた、なにさっきから頭を抱えて唸《うな》ってるのよ」

気がついたら、ゼルマが空中からこちらを見下ろしていた。彼女の目が、なんとなく冷たいのは気のせいではない。

「――だって」

ゼルマがじぃっとこちらを見つめているので、全部白状させられてしまった。

イオレッタが貴族であったこと。家を出てからのこと。ニバーンの面々と出会っての日々が楽しかったこと。

クライヴを好きになってしまったということ。クライヴと自分とでは釣り合わないということも。

「はあ――――！」

なんで、そこでそんなに強く長いため息をつくのだ。口を開こうとしたら、ゼルマにバタバタと手で煽られた。

「あのね、あなた今さらすぎ」

「今さらすぎ？」

「あなたがクライヴのこと好きだなんて、たぶん、皆知ってると思うわよ？」

「皆って！」

イオレッタ自身自覚したのはつい最近だというのに、なんで皆知っているのだろう。ゼルマはもう一度深々とため息をついた。

「好意がだだ漏れだったもの。クライヴがそこに座っているだけで、あなたピカピカしてたし」

ピカピカしてたしって、イオレッタはランプではないのだが。というか、そんなにわかりやすかったのか。頬がじわじわと熱くなってくる。

「そりゃもうねえ、見ているこっちの方は若いわねーって微笑ましく見守るのと同時に、痒《かゆ》くて仕方なかったわよ！」

「ご迷惑おかけしました――――！」

反射的に頭を下げる。

自分でも気づいていない間に、クライヴへの好意は周囲に漏れていた。いや、漏れまくっていた。今さらながらに、恥ずかしくなってくる。

「それはまあいいんだけどね？　身分が違う？　そんなのなによ。関係ないじゃない。今は、ふたりとも冒険者なんだから」

ふんすっと鼻息荒く主張するけれど、ふたりとも冒険者なのは今だけだということをゼルマはわかっているのだろうか。クライヴはいずれ王子としての生活に戻る。

「あんたねえ、私の前で身分が違うとか言わないでくれる？　こっちは生者と死者っていう高い壁があるのよ。高すぎるわよ」

「そ、それは……」

ゼルマは家から出られないけれど、家の前を行き来している人を見ることはできる。最近、ひとり、気になる青年ができたのだそうだ。

もちろん、先方はゼルマの存在なんて知るはずもない。ゼルマは敷地から出ることはできないし、今のところ直接話しかけることもしていないのだから。

「他の女にくれてやるのはしゃくだけど、相手が生きている間は見守るって決めてるの。死者の世界に来たら堂々と口説くわ！」

それはそれでとっても前向きなのだが、なにか違う。どこがどうとは言えないのだけれど、なにか違う。

「とまあ、私も障害のある恋をしているわけだけれど、あなたの場合はそこまででもないでしょ」

「王族貴族って別の意味でややこしいわよ……？」

元貴族令嬢だったイオレッタにはわかる。王族貴族の間にある強い選民意識が。

クライヴは気にしないかもしれないけれど、今のイオレッタがクライヴへの気持ちを告げたなら、絶対に彼に迷惑をかけることになる。

ゼルマの障害に比べたら小さなものかもしれないけれど、乗り越えるのはきっと苦労する。

「王族や貴族っていうのも厄介なのね」

生きている間は庶民だったゼルマには、このあたりのことは少々難しいらしい。

「――ま、後悔はしないようにしなさいよ。死んでから後悔したって、遅いんだから」

ゼルマの言葉には説得力がある――それはもうものすごい説得力が。もちろん、イオレッタはゼルマの言葉に素直にうなずいた。

「庭の手入れでもしてくるわ」

こういう時は、少し外の空気を吸った方がいい。「そうしなさいな」とゼルマに見送られて庭に出る。

収穫するのは、初めて苗から育てたトマト。アルディの助けも借りて、立派なトマトができた。

「んー、おいしいっ」

軽く洗って、さっそく一口。

甘みが強く、ジューシーだ。このまま食べてもいいし、煮込みにしてもいい。チーズと一緒にオーブンで焼くのもありだ。

「こんなに立派なトマトができるなんて、最高ね」

『イオレッタのお願いだからね――あれ?』

土の中から出たり入ったりしていたアルディが、不意に首を巡らせる。それから、ふんふんと鼻先をうごめかした。

『嫌なにおいがしない?』

「嫌なにおい？　そんなものは感じないけれど……」

精霊には、イオレッタの感じられないなにかが悪臭として察知できるのだろうか。イオレッタが立ち上がった時だった。

イオレッタも、異変に気がつく。

「――ねえ、これって。おかしいわよね？」

『ありえないでしょ。ここにイオレッタがいるのに』

精霊師の魔力は、精霊に好かれる性質を持つ――そのため、イオレッタの周囲には常に精霊がいた。

その時によって多かったり少なかったりするけれど、精霊の存在が皆無になるなんて一度も経験したことがない。

「……なんで？」

イオレッタの魔力が変質したのだろうか。精霊の存在を感じ取ることができない。

魔力が変質するというのはめったにあることではないけれど、その結果、魔術が使えなくなったり、精霊と意思の疎通が図れなくなったりすることもあるとは聞いている。

『大丈夫、イオレッタには問題ないよ。契約していない精霊が、皆、どこかに集められているみたいだ』

「なるほど。今、この場にいるのは私と契約している精霊だけってことね」

庭にはアルディだけではなく、ヴァネッサやフェオン、ソムといった契約している精霊達が自由に行き来している。

（でも、変ね。精霊が一度に集まるなんて、それこそ精霊神の誕生の時ぐらいだと思うんだけど……あの時だって、ここまで完璧に精霊が消えることなんてなかった）

精霊と人の基準は違うものだ。精霊は自由で、ひとつところにとどまるということはしないらしい。

イオレッタの周囲に精霊が多いのは、イオレッタの魔力が欲しいからで、満足したらすぐにふらふらと別の場所に行っているから。なのに、こんなにしんとしているなんておかしい。

「変なの」

精霊の存在が感じられないだけで、こんなにも不安になる。いや、この精霊の不在は人為的に起こされたもののような気がする。

（たぶん、町の人達は気づいていないんだろうけど……）

精霊を見られる者はそう多くない。冒険者組合に行けば、他の精霊使いと話ができるだろうか。精霊使い自体そう多くはないけれど、ロシードには三人ほどいるという話は聞いている。他の精霊使いなら、なにか事情を知っているかもしれない。

「ゼルマ、ちょっといいかな？」

「なーにぃ？」

呼びかけたら、壁をすり抜けてゼルマが出てきた。ゼルマも異変に気づいた様子で、しきりにきょろきょろとしている。

「精霊がいないのわかる？」

「ええ。あなたの精霊以外、近くにはいないわね」

「それなら、問題ね。組合まで行ってくるから留守番お願い」

「わかった」

緊急事態だから、ゼルマもいつものように駄々をこねるつもりはないようだ。素直に送り出してくれる。

家を出て、組合までの道を歩く。精霊の存在が感じられない以外、町はいつもと変わりなかった。行き交う人の服装は様々で、ここが国境であることを強く印象づける。

開店の準備をしている食事処の店員に、商品をどこかに配達に向かう途中の商家の主。皆、いつも通りだ。

この町の異変を感じているのは、イオレッタだけ。

「……あの、精霊使いの人って今ロシードにいます？」

冒険者組合に入ってマーガレットにたずねたら、カウンターにいた彼女は首を横に振った。

三人いる精霊使い達はすべて、護衛の依頼を受けて町を出ているそうだ。

荷物を運ぶ商人の護衛として出かけていくのは珍しい話ではない。イオレッタは唇を噛んだ。

「どうかしたの？」

「契約している精霊はともかく、それ以外の精霊の存在が感じられなくて――その、他の精霊使いさん達はどうかなって聞きたかったんです」

「そうねえ……セルヴィハさんは？　ドラゴンと精霊って仲良しなんでしょう？」

「あ、そうでした！　セルヴィハさんのこと忘れてた！」

先日、あやうく討伐されそうになったセルヴィハは、エグバートがまた来たら面倒だと今はあたりをふらふらしている。

クライヴの住処で世話になっていると聞いているから、そちらに回ってみよう。

クライヴ達は、イオレッタの家から十分ほど歩いた場所にある一軒家で共同生活を送っている。高級住宅街と庶民の住宅街のちょうど境目当たり。比較的治安のいい場所だ。

以前はなんとも思わなかったけれど、彼が王族だと知ってみるとこの場所に家を借りた理由もなんとなくわかってきた。いざという時、守りやすく逃げやすい場所。

彼らが借りている家の周囲はぐるりと高い塀に囲まれていて、侵入者を寄せつけない雰囲気だ。裏から出れば、庶民の住宅街。細い路地の間に逃げ込んだら、彼らの発見は困難になるはず。

「すみませーん。セルヴィハさんって、今、います？」

イオレッタがたずねると、中から出てきたのはクライヴだった。

まだ寝起きだったみたいで、髪はぼさぼさだ。そんなところを見るのは初めてだったので、なんだか悪いことをしているような気がした。

「おっと、悪い――昨日徹夜仕事だったんだ。皆、まだ寝てる。どうした？」

「セルヴィハさんは？」

「イオレッタか。ちょうど会いに行こうと思っていた」

クライヴの後ろからひょっこりと顔を出したセルヴィハもまた、髪がぼさぼさのままだった。寝間着もしっかり着ているし、人間の世界に馴染みすぎだ。

「精霊の姿が見えなくて。セルヴィハさんなら、なにかわかるかもって思って聞きに来たの」

「ああ。精霊寄せの香が使われている。その話がしたかった」

「精霊寄せの香？」

精霊寄せの香とはいったいどんなものなのだろう。と、玄関で立ち話をしていたが、クライヴが横にずれた。

「長い話になりそうだ。とりあえず入ってくれ。俺はふたりを起こしてくる」

徹夜仕事明けで朝になって寝たのを起こしてしまった――と申し訳なく思いながらも、イオレッタは中に足を踏み入れた。

テーブルの上に使いっぱなしの食器が出されているということもなく、床はきちんと掃き清められている。

いったん姿を消したクライヴが戻ってきた時には、ぼさぼさだった髪はきちんと整えられていた。前髪が濡れているのは、急いで顔を洗ったのかもしれない。

少し眠そうな以外は普段と変わりないタデウスとレオニードも階下に下りてきた。

「セルヴィハ、精霊寄せの香というのは？」

「あー、一般には出回ってないか？　精霊の好む香り――そうだな、精霊使いの魔力とよく似た香りを拡散させる道具だと思えばいい」

「つまり、精霊はその香りに引き寄せられたってことだよね？　神殿にも同じようなものがあるよ」

レオニードの説明によれば、大がかりな魔物退治の時に精霊寄せの香を使うのだという。

そうやって精霊を一か所に集めておいて、魔物退治の時に巻き込まれないようにするのだとか。

「俺には見えないけど、神殿にも精霊使いはいるからね。魔術に巻き込まれた精霊が消滅するのを目の当たりにしてしまうと、精霊使い達の心によくない影響が出るものだから」

イオレッタの魔術の場合は、精霊達が協力して発動するものだから巻き込まれるというようなことはないらしい。

「つまり、俺が普通に魔術を使っている時にも巻き込まれているということか？　今まで認識したことなかったんだが」

「普通は巻き込まれないよ。大がかりな退治の時には、魔術が激しく行き交うから、巻き込まれるってことがあるだけ。あらかじめ精霊達を避難させるために使うって考えてもらえれば」

なるほど、とイオレッタも感心した。神殿に仕える人達も、精霊の存在は大切にしているらしい。

人為的に精霊を集める方法があるということも、今の説明で理解はできた。町から精霊が消えた原因が、レオニードの言う精霊寄せの香かどうかは別として。

「セルヴィハさん、どっちに精霊達が行ったのかわかります？」

「ああ、わかる。だが、いいのか？　精霊寄せの香に近づけば、お前の精霊達も制御できなくなるかもしれないぞ」

「それは、皆を信じています。ずっと、私といてくれたんだから」

イオレッタと契約している精霊達は大丈夫だろう。彼らは、今のところ影響は受けていない。

「俺達も行く。イオレッタをひとりで行かせるわけにはいかないからな」

クライヴは、なにか嫌な気配を覚えているようだ。イオレッタへの同行を申し出てくれる。

組合の方には一応話をしておいて、すぐに精霊のあとを追って家を出る。町を出て、すぐの草原に入ると、セルヴィハは姿をドラゴンへと変化させた。

「移動の時間がもったいない。お前ら、全員乗れ」

「落ちません？」

「背中に結界を張ってやる。吾輩をあまり舐めてもらっては困るぞ、イオレッタよ」

セルヴィハがそう言うのなら、問題ないのだろう。

低い体勢になったセルヴィハにクライヴが先頭になって乗り込み、イオレッタを引っ張り上げてくれる。タデウスとレオニードがふたり並んで最後尾についたかと思ったら、セルヴィハは翼を広げた。

「わあああっ！」

思わず色気のない悲鳴があがる。急上昇したものだから、身体ががくんと揺れた。イオレッタの腰に手が回される。誰のものかと思ったら、クライヴの手だった。

「ひぇ、あの」

「しばらく我慢してくれ。落ちるよりいいだろ」

「いえいえいえいえ、そういうわけじゃないんですけどっ！」

クライヴとこんなに距離が近かったことがあるだろうか。

頭に一気に血が上る。

頬が熱い。触れられている腰が気になって、背中に余計な力が入る。

『そんなに固まっていたら、着く頃には疲れ果てているんじゃないの？』

くすくす、と耳元でヴァネッサが笑う。イオレッタだって、好きで固まっているわけじゃないのに。

「どっちに向かってる？」

「スィア湖の方に移動している」

クライヴの問いに、ちらっとセルヴィハは視線をこちらに向けた。彼の目は、すぐに前方に戻される。

「あの、まさか、精霊神様に悪さをしようってんじゃないですよね……？」

精霊寄せの香を使っている者が、精霊達を集めてなにをするつもりなのかは知らない。けれど、精霊神は、神の中でも精霊に近い性質を持つ。

ましてや、スィア湖の精霊神は、精霊から神へと変化したばかり。精霊の気質を大いに残していてもおかしくないような気がする。

「む、吾輩もそこまでは考えていなかったな」

「セルヴィハ、急げるか？」

「任せろ。お前達、口は閉じていろよ。舌を噛んでも責任は取れぬ！」

そう叫んだかと思ったら、セルヴィハはぐんと速度を上げた。イオレッタは唇を引き結んで悲鳴をこらえる。

（結界、張ってくれたんじゃなかったの……？）

頬に吹きつける風は、こんなにも激しい。結界を張っていたら、こんなに風が吹きつけることはないような気がする。

馬車なら半日かかる場所も、空から行けばあっという間だ。セルヴィハが不意に首を下に向けた。

「前方に精霊が集まっているのが見える。スィア湖の手前で止めるぞ」

「わ、わかった。わかりましたけどっ！」

上昇した時と同じように、急にがくんとセルヴィハは降下する。

「あの馬車に引き寄せられているようだ」

と、セルヴィハ。

ベルライン伯爵家の馬車が大急ぎでスィア湖に向かっているのが見えてきた。イオレッタの目には、馬車の周囲を精霊達が取り囲んでいるのが見える。けれど、皆、ふらふらしていて様子がおかしい。

『イオレッタ、あの馬車まずいよ！　僕、とめてこようか？』

耳元で、アルディの声がする。

「お願いしていいかしら」

アルディの姿がひゅっと消えたかと思ったら、馬車が激しく左右に揺れ、速度を落とす。

再びセルヴィハは翼を大きく羽ばたかせる。馬車の前方を塞ぐように、ドラゴン形態のまま着地した。

「とまれ！」

それこそ地を這うような重低音。セルヴィハの声に驚いたのか、馬車を引いていた馬達はぴたりととまった。

セルヴィハの背から滑り降りたクライヴは、御者台にいる御者に降りるよう命じたかと思うと、勢いよく馬車の扉を開く。

「ベルライン伯爵、どういうつもりだ？」

「い、いくら王子殿下と言えど無礼ではありませんか！　我々は、貴族ですぞ！」

馬車から引きずり降ろされた伯爵は、醜《みにく》く喚《わめ》き散らした。

続いてシャロンが降りてきた。この状況を彼女は理解していないのか、クライヴの方にうっとりとした目を向けている。自分が人妻の自覚はあるのだろうか。

「精霊寄せの香を使って精霊を集めてどうするつもりだ？」

伯爵の襟首をつかんだまま、クライヴは問う。

「どうするつもりと言われても。我々はただ、スィア湖のところで新しい精霊と契約をしようと思っただけです。わが領地の精霊は、姿を消してしまったので――これは、エグバート殿下からいただきました」

まったく悪びれていないベルライン伯爵の様子に、イオレッタは頭を抱え込みたくなってしまった。エグバートとベルライン家の間にどのような繋がりがあるのかはわからないけれど、まさかこんなことになるなんて。

「イオレッタ、ずいぶん乱暴な手を使うじゃないか。殿下、義父を離してはもらえませんか？」

この状況をわかっているのかいないのか、トラヴィスはクライヴとイオレッタの間に割って入った。

イオレッタの目には、たくさんの精霊の姿が映っていた。こんなにたくさんの精霊が一度に集まっているのを見るのは、初めてのことだった。

『毒、あれ、毒……』

耳元でソムの声がする。

（……毒？）

精霊神の誕生を祝う精霊達も、こんなに押し合いへし合いしていなかった。

ベルライン伯爵家の馬車の周囲は、精霊達にぎっしりと囲まれている。どの精霊も、まるで意思を失ってしまったみたいだ。

「この香を持ち、スィア湖まで行かないと契約できないのです、殿下」

「そんなことはないだろう」

ここでようやく気づいた。

無理やりここまで集めてきた精霊達。たぶん伯爵が持っているのは、普通の精霊寄せの香ではない。精霊の意識を乱すようなそんな代物。

（なんてこと……）

そんなものを持ち出してくるなんて。

その時イオレッタは、異変を感じ取った。伝わってくるのは、大きな怒り、そして混乱。湖の大精霊の意識が、こちらまで伝わってくる。

「イオレッタ、どうした？」

「精霊神様が、怒ってます！　あれは普通の精霊寄せの香じゃないみたい……！」

精霊神は、精霊寄せの香に惹かれ、無理やり言うことを聞かされている精霊達を見て、怒りを覚えたようだった。

スィア湖の湖面が激しく揺れ、水が空高く舞い上げられる。まるで、雨のように降りそそぐ中、イオレッタは精霊神に向かって叫んだ。

「お願い、精霊神様！　ちゃんと返すから。皆、返すから！」

気がついた時には、あたりはしんと静まり返っていた。まるで、なにも起きなかったかのように思えてくる。

「伯爵！　その香を消せ！」

クライヴが伯爵に向かって叫ぶ。香炉を抱えた伯爵を殴り飛ばすと、クライヴは香炉の中身を湖に投げ捨てた。

じゅっと音がして、火が消える。

（……でも、精霊達はまだ落ち着いてない……！）

香りがなくなったところで、精霊達はすぐに影響から抜け出せるというわけでもないようだ。

そして、それは精霊神も同じようだった。

風が激しく吹き荒れ、湖の水が竜巻のように巻き上げられる。

「精霊神様、話を聞いて！」

イオレッタの声は、届いていないのだろうか。

一歩、前に踏み出した時、風で煽られた木の枝が折れた。こちらに向かって飛んでくる。

『マカセテ！』

精霊神の風に負けないようにフェオンの風が吹き荒れる。

『もー、怒ったんだから！　アルディ、行くわよ。ソム、あんたはイオレッタの側にいなさいっ』

飛び出していったのは、シロクマとハリネズミ。

「無茶はしないで！」

たぶん、精霊神をもとに戻さなければ、この風も水もおさまらないのだろう。

「イオレッタ、手を貸せ！　セルヴィハ、頼む！」

イオレッタの腰を掴んだクライヴは、そのままセルヴィハの背中に飛び乗った。

「手、手を貸せって……！」

そんなことを言われても。ぐんぐんと上昇していったセルヴィハは、渦を巻いている竜巻の上まで上り詰めた。

「どうしろと！」

なんとかしたいのはやまやまだけれど、この状況でどうしろと言うのだ。

「語りかけろ、イオレッタ。君は——精霊師なんだろう？　きっと、今の精霊神でも、君の声なら届く」

クライヴの言う通りなのだろうか。

（自信はないけど、やるしかない。このままじゃ被害がどこまで広がるかわからない……）

イオレッタは、語りかけた。

「精霊神様、どうか鎮まってください。悪いことをした人達には、全員罰をうけてもらいますから」

懸命に話し続ける。イオレッタの言葉が、精霊神に届いているかどうかはわからないけれど。

「だめです、届いてません……！」

「諦めるな！　もう一度！」

「わ、わかりました……精霊神様、お願いします！　悪い人達はちゃんと罰を受けさせますから……！」

お願い、届いてほしい。このままでは、スィア湖近辺がめちゃくちゃになってしまう。より強く、心の中で祈った。

（……あれ？）

ふと、気がついた時には、イオレッタの意識は真っ白な世界に飛ばされていた。上も下も右も左もわからないどこまでも広がる真っ白な世界。

（あれ、れ……）

なんで、こんなところにいるのだろう。ぐるりと周囲を見回してみるけれど、誰もいないのだ。

音ひとつしない、静寂の世界。

イオレッタだけが、隔離されてしまったみたいだ。

きょろきょろとすると、不意に腕に温かなものが触れた。左腕に掴まっているのは、茶色のハリネズミ。肩の上に緑色の蝶がとまる。

シロクマが右手首から肩のところまで駆け上ってきて、紫色の蛇がそのあとを追いかけてくる。

不意に突風が吹き荒れ、イオレッタは目を瞬かせた。イオレッタの前に、ゆらりと大きな精霊が姿を見せる。

（これが、大精霊の……ううん、精霊神の力）

激しく吹き荒れる突風は、この真っ白な世界の中で唯一動いている存在だった。

「精霊神様！」

叫ぶものの、イオレッタの声はまったく届いていないようだ。

ベルライン伯爵が使った香は、精霊神の心までをも惑わせているようだ。こちらの声に耳を傾けるどころか、風はますます激しく吹き荒れるだけ。

一歩、二歩、よろめいた。

『負けるんじゃないわよ！』

イオレッタの肩の上で立ち上がったヴァネッサは、前足でイオレッタの頬を叩いた。

「負けるなって、そんなことを言われても！」

『イオレッタならできるさ』

「アルディも無茶言わないで！」

アルディも反対側の肩の上まで上ってくる。顎に触れるちくちくとした感触。

『デキル、ヤルシカナイ！』

「やるしかないのはわかっているけど！」

フェオンの声は、力強い。ふわりと羽ばたいて、イオレッタの髪にとまる。

『ヤル？　ヤラナイ？』

ソムがイオレッタの首に巻きついて、ちろりと舌を伸ばす。

「ソムは生まれたばかりなのに」

生家で暮らしていた頃も、家を離れてからも、イオレッタはひとりだった。ずっとイオレッタの側にいてくれたのは、精霊達だけ。

――けれど、今は違う。

外に出て、たくさんの人と知り合いになった。アリスやマーガレットといった組合の人達。ブライアンのような冒険者達。

それこそ、クライヴもタデウスもレオニードも。セルヴィハやゼルマだって、大切な人達で。

荒れた精霊神が、人の世に災いをもたらそうというのなら、それを阻止するのもまたイオレッタの役目。

「大丈夫、皆がいてくれるから……だから、怖くない」

また、吹きつける嵐のような風。

どこからか、竜巻のように水がまき上げられる。その水が、一気にイオレッタに襲いかかってきた。

『あー、もうっ！』

ヴァネッサが前足を振る。水は、イオレッタを濡らすことなく白い地面に落ちた。

『イオレッタ、マモルヨ！』

『精霊神様、元気出して！』

フェオンとアルディがイオレッタの前に立つ。

ソムもシュルシュルと舌を鳴らした。

（うん、大丈夫）

自分で自分にうなずいて、手を伸ばした。

「精霊神様、私の声を聞いてください――」

イオレッタと契約している精霊達と、精霊神の心が繋がるのがわかる。そして、精霊達を通じて、イオレッタと精霊神も。

「煙は消しました。落ち着いてください！」

精霊神の怒りが、イオレッタにも伝わってくる。それを包み込むようにイオレッタは両手を広げた。

どこまでも広がっていくように、魔力を漂わせる。イオレッタの魔力が、香の煙をどこへともなく消し去っていく。

（あの香に、これ以上精霊達を支配させないから）

どうか、イオレッタの想いが精霊神に届きますように。

魔力だけじゃない、祈りまで広がっていく。そんな気がした時――暴れていた水と風が静けさを取り戻す。

『あなたは、精霊といい関係を築いているのね。すべての人間がそうじゃないのはわかっていたけれど』

耳に聞こえてくるのは、精霊神の声。姿は見えず、声だけ聞こえてくる。

『少し、あの煙に私もあてられてしまったみたい……ごめんなさいね。ここまで来てくれてありがとう――』

だんだんと、精霊神の声が遠くなっていく。

（……正気を取り戻してくれたってことなのかな……）

それならそれでいいけれど、さて、これからどうしよう。なにしろ、どこを見ても真っ白なのだ。どちらに行ったらいいのかわからない。

『あっち。ほら、声が聞こえるでしょ？』

イオレッタの背中を押してくれるのはヴァネッサ。頼れるお姉さん。

『あの人も待ちかまえているんじゃないかなー』

ちょっと、面白がっているのはアルディ。

『一緒、ずっと』

まだ言葉はつたないけれど、懸命にイオレッタに気持ちを伝えてくれるソム。

『イソイデ、ハヤク』

フェオンが急かす。

「――イオレッタ！」

聞こえる。イオレッタの名前を呼んでいる声が。

クライヴの声だ。

彼の声の方向に向かって歩き始める。歩き始めて、走って、走って――そして、真っ白な光

の中に飛び込んだ。

「――イオレッタ！」

どうやら、精神だけどこかに飛ばされていたみたいだ。意識を取り戻した時には、まだセルヴィハの背中にいた。クライヴが、イオレッタの身体を支えてくれていた。

「急に目を開いたまま固まるからびっくりしたぞ！　大丈夫か？」

「だ、大丈夫です……」

肩を掴まれている。目を開いたまま固まってたって、どんなひどい顔をしていたんだろう。

「……とりあえず、落ち着いたってことでいいのかな」

つい今しがたまでベルライン家の馬車に集中していた精霊隊も、今はそれぞれの思う場所に向かっている。

「そうだと思います。ちょっと精霊神様と話してました」

精霊神が落ち着きを取り戻した時には、あたりはひどいありさまになっていた。

湖の側に出されていた屋台はばらばらになり、あちこちに散らばっている。

セルヴィハは、ベルライン伯爵家の馬車が停まっていた近くに降り立った。

「やれやれ。それでは、ラタント王国の王宮までこいつらを連行するとしようか。王宮に放り出してしまえば、こいつらも言い逃れはできないだろう」

ドラゴンの姿のままのセルヴィハは、長く太い尾を振った。その風圧に、ベルライン伯爵家の三人は顔を引きつらせる。

「私も行かないとですね。元ベルライン伯爵家の者として、事情は説明しなければ」

「それなら俺も行こう。一応、俺の身分ものを言うだろうしな」

クライヴがイオレッタに同行してくれることになったが、エグバートの件についても説明しておかねばならないだろう。

「私は、王宮に向かいましょう。国王陛下に説明もしないといけませんしね」

ベルライン家の面々に精霊寄せの香を与えたエグバートの件については、プラディウム王国の王が判断を下すこととなる。それは、イオレッタには関係のないことだ。

「俺は、神殿の方に回ろうかな。そっちからも圧力かけてもらった方がいいと思うんだよね」

と、レオニード。なんだか、大変なことになってしまった。

捕らえられた三人は、しっかりと拘束されている。

セルヴィハは、三人と御者を乗せた馬車をえいと爪で掴んで持ち上げた。さすがドラゴン。

馬車を持ち上げても、まったく動じていない。

「やめろ、離せ！」

「いやあああっ」

馬車の中からは、伯爵とシャロンの声が響いている。

他のふたりはどうしたのかと思ったら、ひとりだけ拘束されていない御者は両手を組み合わせて、しきりに祈りの言葉をつぶやいているようだった。

翼を広げたセルヴィハは、イオレッタとクライヴを背中に乗せ、足で馬車を掴んだまま空に舞い上がった。

空を飛んでしまえば、王宮まではあっという間である。

「少し、遊んでやろうか」

とセルヴィハが笑った時、ちょっと嫌な予感はした。だが、セルヴィハは大きく口を開くと、全力で吠えた。

セルヴィハの背中に乗っていたイオレッタ達が、思わず耳を塞いでしまったほどの大声だ。あまりにも声が大きかったものだから、王宮の塔にすさまじい勢いで風が吹きつけた。

「ドラゴン——ドラゴンだ！　王族の方々を避難させろ！」

きっちりと鍛えられているらしい騎士達は、ドラゴンを迎え撃つ準備を整え始めた。

「愚か者！　吾輩は、この国の者を送ってきただけだ！　ただし、この者達は罪人だがな！」

なおも叫ぶと、悠々と庭園に降り立つ。ガシャンと音を立てて馬車が地面に降ろされた。

「セルヴィハさん、悪ふざけしすぎですよ！」

イオレッタの非難も、セルヴィハは聞こえないふり。それはどうかとさすがに思う。

「陛下！　陛下にお話を！」

馬車の中でも気丈に振る舞っていたらしい御者が、中から転げ落ちるようにして出てくる。

「俺達も降りるか」

先に降りたクライヴが手を差し出してくれる。イオレッタは、その手をありがたく借りて地面に降りた。

ぐるりとあたりを見回すと、ふと不思議な想いに囚われる。

（ここに来ることはもうないと思っていたのに――）

トラヴィスに連れられて、何度か訪れたことのある王宮。だけど、ここに来た時はいつだって居心地が悪かった。

「……早くしろ。吾輩は気が短いのだ！」

空に向けて、セルヴィハは炎を吐き出した。周囲を囲んでいる騎士達の緊張感が増す。

「セルヴィハさん、あまりふざけてはだめですよ？　真面目な話をしに来たんですから」

セルヴィハの脇腹を、イオレッタはちょいちょいとつついてやった。むぅと唸ったので、ついでに彼が下げた頭をよしよしとしてやる。

吠えるドラゴンにまったく怯えず撫でまわしているイオレッタに、周囲は恐ろしそうな目を向けてくる。

「御者さん、ここまで付き合わせてしまってごめんなさいね。すみません、どなたか御者さんを休ませてあげてくれませんか？」

馬車ごと持ち上げられて運ばれるなんて、想像してもいなかっただろう。そもそも彼に罪はないのだ。

「そうだな、そいつは罪人ではない」

セルヴィハが彼は罪人ではないと宣言したことから、御者はすみやかに医師のいる部屋へと連れていかれた。これから先、彼が付き合う必要もないからこれでちょうどよかった。

その頃になって、ようやく国王がやってきた。セルヴィハが「遅い！」と足を踏み鳴らす。

セルヴィハの剣幕に、国王は焦った表情になった。

「陛下、私はイオレッタ――イオレッタ。ベルラインです。我が家の者達は、罪を犯しました」

もう二度と名乗ることのないと思っていた名前。その名を名乗った時、胸がぎゅっと締め付けられたような気がした。

けれど、ここで引いてはいけないのだ。領主の一族に生まれた者として、きちんと責任は果たさなければ。

どう続けたものかと考えていたら、クライヴが助けてくれた。

「ベルライン家の三人だが、精霊を操ろうとして、精霊神の怒りを買うことになった。下手をしたら、この国から精霊がいなくなるところだったぞ」

「――なんと！　まさか、そのような愚かなことを――」

どうやら国王とクライヴは顔見知りらしい。名乗るまでもなくさくさくと話が進んでいく。

「陛下、私は、家を離れることになりましたが、ベルライン家の正当な後継者でした。そして、精霊師でもあります――精霊神はお怒りです。ベルライン家の者は、二度と国境を越えないようにしてください」

「精霊師？　だが、ベルライン家の長女は、精霊使いとしての能力すらもっていないと聞いていたが――」

「あの家では、私は必要とされていませんでしたから。能力は隠していましたが、私は精霊師です」

精霊師、と聞いた国王はイオレッタを引き留めたいようなそぶりを見せたけれど、イオレッタはそれを拒んだ。

「無理強いするな。イオレッタは家を追い出されて、プラディウム王国に来ることになった。彼女の意思に任せてやってほしい」

「……そうだな、そうすべきだろう」

「戻る、とは断言できませんけれど――力になれることがあったら、呼んでください。この国が母国であるのには変わりがありませんから」

馬車の扉が開かれ、引っ立てられていくベルライン家の面々を見送りながらイオレッタはそう口にした。

トラヴィスの目が、こちらに向けられる。

ちくりと胸が痛んだのは、気のせいではない。彼に恋をしていたというわけでもないけれど――でも。それでも、込み上げてくるものがあるのはどうしようもない。

そんなイオレッタの背に、クライヴの手がそっと添えられる。その温かさに、なんだか泣きたいような気がしてならなかった。

エピローグ

あれから、二週間が過ぎた。

精霊神が暴れかけたスィア湖も、今では落ち着きを取り戻している。

今日明日は休みにしようというクライヴの提案を受けた『ニバーン』の皆は今日は休み。

ラタント国王から依頼を受けたイオレッタは、スィア湖の精霊神にお詫びの品をお供えするためにスィア湖を訪れていた。休みの面々は、イオレッタの同行者という立場である。

「ベルライン伯爵家は、どうなったんだ?」

クライヴとふたり、湖の側を歩いていたら、クライヴの方から問いかけてきた。

「あー……伯爵は、爵位を剥奪されました。今は、私の従兄弟にあたる男性が伯爵の地位を継ぐことになっています。いろいろ勉強しないといけないので、正式に爵位を受け継ぐまではまだ、時間はかかりそうですけれど」

「帰らなくてよかったのか?」

「うーん、そういうお話も、いただいたと言えばいただいたんですけど」

ベルライン家に戻り、伯爵家を継がないかと、ラタント国王からの手紙を持った使者がイオレッタのもとを訪れたのは五日前のこと。

でも、この国を離れたくなかった。あの時、真っ白な世界で、どちらに行ったら帰れるのかわからなくなってしまった時。

イオレッタを呼び戻してくれたのはクライヴの声だった。

（私はこの人のことが好きだ――だけど）

イオレッタの気持ちがどうであれ、クライヴに告げるつもりはない。きっと、告げても迷惑になるだけだろう。

「私の力って、貴族社会では役に立たないと思うんですよ。遠巻きにされて、敬遠されるだけになるのもなんだかなぁって――」

ベルライン家に復帰することも考えた。クライヴと釣り合いが取れるとまではいかなくても、ただの平民でいるよりは近くなれるかもしれない。

そんな想いもあって、クライヴにはなんとなく相談しにくかったのだけれど、思いがけず、ゼルマとセルヴィハがいい相談相手になってくれた。

悩んで悩んで、ものすごく悩んでイオレッタが出した結論は。

「私は、冒険者としてやっていこうと思っています。その方が、身軽に動けそうですからね」

伯爵家を捨てたわけではない。従兄弟の要請があれば、いつでも戻るつもりでいる。

彼の相談相手ぐらいにはなれるだろうし――もし、どうしてもイオレッタが必要になった時には、爵位を継ぐのもかまわない。そのあたりの調整も、ラタント国王がうまくやってくれた。

「陛下もそれでいいとおっしゃいました。精霊師を貴族社会に縛りつけるのは難しいだろう、と」

精霊と深く繋がることのできる者がいれば、どうしたって期待せざるをえない。

祖母は、次代に血を繋ぐことを求められた。その結果生まれた母は、精霊使いであって精霊師ではなかったことで自分自身を責め続けた。

父との結婚に、精霊使いとしての能力を持っていないと思われていたことを利用するしたたかさも持ち合わせていたけれど、血を継ぐことを求められなかったら、違う道もあったかもしれない。

祖母も母も、精霊師としての力に縛られ過ぎていた。そして、呪いはイオレッタの代にまで残ることとなってしまった。

彼らを許すつもりはないけれど、前伯爵もトラヴィスも、見方によっては犠牲者だ。

精霊師の力を次代に繋げることにこだわるつもりもない。力を求める気持ちが、呪いに変化してしまうのでは意味がない。

イオレッタのその意思を、ラタント国王も受け入れてくれた。

「そちらはどうなんです？」

「あー、王太子の座を一度返上することになった。他国の貴族を巻き込んで、とんでもないことをしでかしたからな」

エグバートもまた自らの行いの償いを求められることになった。

王太子の座にふさわしくないとして、王太子の地位から下ろされた。今は、王家の直轄領で謹慎中。

スィア湖での被害については、エグバートの私的な財産から賠償することになったそうだ。死者が出ていないのが幸いである。

王太子の地位については、クライヴや彼の弟達も含めて新たに選定し直すことになったという。

エグバートも、今後の功績によっては、再び王太子の座に返り咲くこともあるかもしれないが、そのためには、非常に大きな功績を立てる必要が出てくるし、多少の努力では王宮に戻ることすら許されないだろう。

(……そうね、そのあたりが落としどころでしょうね)

他国のことだから、これ以上はイオレッタにも口を挟むことはできない。けれど、こちらもまた落ち着くべきところに落ち着いたのだろう。

「じゃあ、クライヴさんも近いうちに王宮に戻るんですか?」

「いや、俺はこっちにまだしばらくいるつもりだ。俺が必要になる事態はそう起こりそうもないからな」

どうしよう。クライヴがまだしばらくここに残るつもりだと聞いて、嬉しいと思ってしまった。イオレッタはそんなことを望める立場ではないのに。

伯爵家に戻らないと決めたのに——それでも、もう少し一緒にいられると思うだけで、胸がいっぱいになる。

「それで、だ。俺達が残るにあたり、ひとつ、提案がある」

「なんでしょう？」

「正式に、『ニバーン』に入らないか？　今だって、組んで仕事しているようなものだろ」

クライヴの言葉が信じられなくて、イオレッタは目を瞬かせた。

彼らと正式に一緒に仕事をすることができる。それも、同じパーティーのメンバーとして。

「いいんですか？」

「なんで？」

「だって、私、次男じゃないですよ？」

「それはそれ、これはこれ、だろ」

ちょっと照れくさそうに笑ったクライヴは、イオレッタから視線をそらした。

どうしたのだろう、とイオレッタが疑問に思った時。彼は再び口を開く。

「それと——あー、こっちを先に話すべきだったか？」

「なんでしょう？」

「その、だな」

珍しく彼が口ごもる。イオレッタは、おとなしく彼の次の発言を待つことにした。

「俺の恋人になってほしい——というか、それを断ったからって、パーティーに入れないってことじゃないんだけどな！　こっちを先に話すべきだったか、俺っ！」

こんなにも彼が取り乱しているのを見るのも珍しい。イオレッタは、息をついた。

今の、空耳だったらどうしよう。耳が熱い。心臓は大暴走中。

もし、これが空耳だったら——でも、イオレッタの答えは決まっている。

「はい、喜んで！」

「喜んでって——いいのか？」

「今のまさか、冗談だったとかじゃないですよね？　ちゃんとしたお申し込みですよね？　どうしよう、まさか空耳」

「違う！　ちゃんとした申し込みだ！」

きっぱり断言してくれたので、イオレッタも安堵した。それなら言うことなんてない。

「よろしくお願いします」

「セルヴィハがうるさそうだ。あいつもイオレッタを気に入っているからな」

「クライヴさんが私を気に入ってくれているのとセルヴィハさんでは、意味が全然違うと思いますよ」

クライヴがいて、タデウスがいて、レオニードがいる。時々セルヴィハにちょっかいを出されて、家に帰ったらゼルマとふたりで会話して。

ベルライン家でひとりだけ、家族として認められていなかった頃、夢見ていた幸せが全部ここにある。

イオレッタは、クライヴの方に手を差し出す。握手のつもりだったけれど、クライヴはその手を握ったまま歩き始める。

きっと、これからもこんな生活が続くのだと思ったら、それも悪くないのではないかと思う。

「ねえ、クライヴさん。私も、あなたに言わないといけないことがあるんですよ」

「なんだ?」

「あのですね、スィア湖で精霊神様が精霊寄せの香でお怒りになった時――」

どこまでも真っ白な世界。精霊達とクライヴの声だけがイオレッタを導いてくれた。

「やっぱり、あなたのことが好きだなって思ったんですよ」

クライヴの顔を見ることができない。あまりにも恥ずかしいことを口走っている自覚はある。

でも、きっと。クライヴも受け入れてくれているのだろう。イオレッタの手を握りしめる彼の手に、きゅっと力がこもったから。

番外編　いつもと変わらない日が、きっと幸せ

「ねえ、ひとついいかしら？」

じとっとした目でゼルマに見られて、イオレッタは顔をひきつらせた。ゼルマがこういう顔をする時は、ろくなことがないのだ。

「な、なぁに？」

「あなた、クライヴとはどうなってるの？」

「どうって？」

告白はされた。イオレッタからも告白した。

気持ちは通じているし、恋人であると二人とも認識している。これ以上、何が必要なのだろう。

ふたりの間にある壁は完全に消滅したわけでもないとはいえ、おおむね平和だ。

「お付き合いはしてるわよ？」

「その先は？　その先」

「考えてないわね。考えてどうにかなる問題でもないし」

一応貴族の娘なので、今後クライヴとの仲が深まっていけばいろいろ難しい話が出てくるで

あろうことも理解している。

イオレッタはただの冒険者。クライヴは王子。これで問題が出なかったらその方が問題だ。

だけど、ふたりならなんとかやっていけるだろうと思っている。乗り越える手もないわけではないのだ。

「やだ、そういう問題じゃないわよ。デートとかしないの？」

にやにやしながら、ゼルマが顔を近づけてくる。距離が近い。

「それは……」

ぼんっと顔に火がついたような気がした。

デートなんて言葉、自分には縁がないと思っていた。

元婚約者とも、事前に使用人が決めたルートに沿って回っただけ。手をつなぐとか見つめ合うとか微笑み合うとか、いわゆる婚約者らしいこともないままだった。

そして、お付き合いを始めたと言えば始めたが、クライヴからそういった誘いは受けていない。

「やだ、あなたクライヴから誘われるの待ってるつもり？」

ゼルマは腰に手を当ててふんぞり返った。

「あいつから誘いをかけてくるはずないでしょうが！　あなたから誘うべきよ！」

そんなことを言われても。

イオレッタから誘えと言われても、クライヴがどこに行きたいのか何をしたいのかさっぱりわからない。

「馬鹿ね。一緒に出掛けましょうって言えばいいのよ！　それだけで彼は喜ぶから」

こういう類の話はゼルマの方が詳しいのは間違いない。この家で恋人と二人暮らしていたわけだし――その恋人によってゼルマが殺された点からは、思いきり目をそむけた。

（……よし、本人に聞こう！）

どうせ一緒に出掛けるのなら、クライヴだって楽しい方がいいに決まっている。わからないことはわかるであろう人に聞く。

その点イオレッタはとてもとても素直なのであった。

＊　＊　＊

一方その頃。

「そういや、クライヴ、イオレッタちゃんとデートとかしたっけ？」

「――は？」

『ニバーン』が本拠地にしている家。そこの居間で魔術書をめくっていたクライヴは、顔を上げた。鍛え上げられた長身にしっかりとした体格。剣士としても一流の彼を見て、魔術師だと

いる。

思う者は少ないだろう。

魔術師としての腕は落としたくなくて、時間があればこうして魔術書に目を通すことにしている。

「デート？」

首を傾げているクライヴに、レオニードは信じられないという目を向けた。

「マジで？　デートしてないの？」

「——考えたことなかった」

片手で口を覆えば、レオニードは嘆息して両腕を広げた。

「タデウス、お前、信じられる？　こいつ、一度もイオレッタちゃん誘ってないんだって！」

「それはいけませんね……」

「お前だって、デートしてないだろうが！」

タデウスにまで信じられないものを見るような目を向けられ、クライヴは思わず叫んだ。

「しましたけど」

「は？」

「先日、婚約者がこちらに来てくれましたので、デートしました」

「信じられねぇ！」

つい、柄が悪くなる。真面目な顔して婚約者とデート。そう言えば、タデウスは婚約が決まっていたのだった。しかし、デートなんていつしたのだと思うが、先日丸一日留守にしていた。そうか、デートしたのはその時か。

「俺はしてないけど？　婚約者は王都にいるしね」

「それでしてたら問題だろうが」

レオニードの見た目はチャラいし態度もチャラいが、自分が決めた線はきちんと守っている。女性に対して軽率に声をかけても、本気で口説くことはない。チャラい見た目のくせに。

「よし、行こうか？」

「行こうかって？」

「イオレッタさん、今日は夕方から治療所待機の予定でしたよね。昼間は時間があるはずです。行きましょう、そうしましょう」

「おい、二人ともちょっと待て？」

にやにやしている二人に家から連れ出される。なお、この場にセルヴィハがいないのは、寝室で惰眠を貪っているからなのだった。

＊　＊　＊

イオレッタとクライヴの予定が合う機会というのは、実はそう多くはない。

イオレッタが薬草採取に出るのは週に三日程度だけれど、それ以外の日は組合の治療所で治療にあたっているからだ。

クライヴ達はいまだに冒険者としての仕事を続けていて、数日にわたって家に戻らないことも多い。

クライヴのところへ行こうと支度をし、家を出たところでちょうどクライヴと鉢合わせた。タデウスとレオニードが一緒なのは、これからどこかに行くところなのだろうか。

「やあ、イオレッタちゃん」

「お邪魔しますね」

「——え?」

イオレッタに挨拶するなり、二人は家の方に行ってしまった。

「待ってたー! お茶いれる? お茶いれちゃう?」

「ゼルマちゃんにお土産あるよ? 組合の近くにできた店のクッキー」

「チョコレートもありますよ。王都から買ってきてもらいました」

扉をすり抜けたゼルマと、きちんと扉を開けたレオニードとタデウス。中に入ってしまった三人を見て、イオレッタとクライヴは顔を見合わせた。

もしかして、三人で示し合わせていたのだろうかなんて思ってしまうぐらい、三人の息はぴったりだ。

クライヴと顔を見合わせて、くすくすと笑い合う。なんだか皆の手の上でごろごろと転がされている気もするけれど、悪くない、と思う。

悪くないどころか、ものすごく嬉しいし楽しい。少し前まで、こんな自分になれるとは思ってもいなかった。

「デート、しませんか？」

「するか。と言っても、何をすればいいのかわからないけどな」

なんだ、クライヴもよくわかっていなかったのか。それならそれで、問題ない。

「じゃあ、まずご飯行きましょう！　それからええと……お菓子を買って、ああ、書店も行きたいですね……書店行くなら、その前に図書館？」

「いつもとたいして変わらないな」

言われて気づく。

よく考えたら、これって今までとそう変わらない。街中でばったり出会った時も、同じようなことをしていた。

「とりあえず、昼飯だな。どこに行く？」

クライヴが手を差し出し、ちょっと迷ってイオレッタはそこに手を重ねる。

特別なことなんてなくていい。ただ、彼と一緒にいるだけで特別なのだから。

あとがき

　雨宮れんです。二〇二三年第一弾は、精霊と通じることのできる女の子が主人公となりました。主人公のイオレッタは元貴族令嬢。愛される異母妹とは違って虐げられて育ってきました。精霊達が側にいるので、本人はあまり傷ついてはいないし、逞しく自立の準備も始めていたわけですけれども。

　そんなイオレッタのお相手は隣国の王子様。王太子である兄とは絶賛ぎくしゃく中のクライヴです。こちらは、完璧に逆恨みですが。エグバートが余計なことをしなかったら、平和なはずだったのにままならないものです。このお話を作っているのは私なわけですが！

　精霊達を取りまとめているのは、水の精霊ヴァネッサ。見た目は赤ちゃんのシロクマで、これ以上大きくなりませんが、一番お姉さんの精霊です。

　同居人のゼルマは、まさかこんな面白キャラになるとは想像もしていませんでした。床から生えてみたり、天井からぶら下がってみたり、恋をしたり。たぶん、近いうちに家から外に出られるようになるんじゃないかと思います。それこそ根性で。

　クライヴの方も、穏やかな物腰のわりに思考が危険なタデウスと、チャラ男なわりに真面目なレオニード。彼の方も愉快な仲間に支えられていますが、なぜかそこにドラゴン様まで乱入する始末。

それはさておき、そんな二人が出会い、愉快な仲間達と共にわちゃわちゃやりながら仲を深めていきます。

そんな愉快な仲間達を美麗に描いてくださったのはＲＡＨＷＩＡ先生です。表紙はとても美しく、愉快な仲間達はとても愉快……！　お忙しいところ、お引き受けくださりありがとうございました。

担当編集者様、今回も大変お世話になりました。やりたい放題やってしまったために、改稿では苦労する羽目に陥ってしまいましたが、やりたい放題やらせていただけてとても楽しかったです。今後ともどうぞよろしくお願いいたします。

ここまでお付き合いくださった読者の皆様もありがとうございました！　楽しんでいただけたら嬉しいです。

出没頻度は低くなりましたが、あいかわらず各種ＳＮＳは活用中です。声をかけていただいたら嬉しいです。

それではまた、近いうちにお会いしましょう。

雨宮《あまみや》れん

「お前」呼ばわりで婚約破棄？結構ですが困るのは貴方ですよ？
私と婚約破棄してまで結ばれたかった妹と永遠にお幸せに！

2023年5月5日　初版第1刷発行

著　者　雨宮れん

発行人　菊地修一

発行所　スターツ出版株式会社

〒104-0031　東京都中央区京橋1-3-1　八重洲口大栄ビル7F
☎出版マーケティンググループ　03-6202-0386
（ご注文等に関するお問い合わせ）

https://starts-pub.jp/

印刷所　大日本印刷株式会社

ISBN　978-4-8137-9231-4　C0093　Printed in Japan

［雨宮れん先生へのファンレター宛先］
〒104-0031　東京都中央区京橋1-3-1　八重洲口大栄ビル7F
スターツ出版（株）　書籍編集部気付　雨宮れん先生